客乡暖阳

广东梅州十年（2011—2020）现代短诗100首评点

冉正宝　编著

暨南大学出版社
JINAN UNIVERSITY PRESS

中国·广州

图书在版编目（CIP）数据

客乡暖阳：广东梅州十年（2011—2020）现代短诗100首评点/冉正宝编著．—广州：暨南大学出版社，2022.6
ISBN 978 - 7 - 5668 - 3428 - 7

Ⅰ．①客… Ⅱ．①冉… Ⅲ．①诗歌评论—梅州—当代 Ⅳ．①I207.22

中国版本图书馆 CIP 数据核字（2022）第 086830 号

客乡暖阳：广东梅州十年（2011—2020）现代短诗100首评点
KEXIANG NUANYANG：GUANGDONG MEIZHOU SHI NIAN（2011—2020）XIANDAI DUANSHI 100 SHOU PINGDIAN
编著者：冉正宝
···

出 版 人：张晋升
策划编辑：杜小陆
责任编辑：康 蕊
责任校对：黄 球 黄晓佳
责任印制：周一丹 郑玉婷

出版发行：暨南大学出版社（511443）
电　　话：总编室（8620）37332601
　　　　　营销部（8620）37332680　37332681　37332682　37332683
传　　真：（8620）37332660（办公室）　37332684（营销部）
网　　址：http：//www.jnupress.com
排　　版：广州良弓广告有限公司
印　　刷：佛山市浩文彩色印刷有限公司
开　　本：787mm×960mm　1/16
印　　张：9.25
字　　数：130 千
版　　次：2022 年 6 月第 1 版
印　　次：2022 年 6 月第 1 次
定　　价：39.80 元

前　言

客家现代诗文化的小气候及其朴厚守正的精神特质

梅州崇文重教，深有诗歌传统。近代诗人黄遵宪入中国历史，现代诗人李金发入中国文学史，那么当代诗人，谁会是那个延续梅州诗歌香火的骄子？

编者在主流媒体和非主流媒体（自媒体）几千首短诗中，寻找到 100 首适合心意的作品，作者大都为地道的梅州籍客家人，偶有在此生活的新客家人，男女老少皆有，七情六欲皆有，创新保守皆有，唯独择诗的硬指标是没有的。下面就阐释一下这 100 首现代诗折射出的"客家现代诗文化"现象。

客家现代诗文化是旨能够形成当代诗歌群体小气候且能够体现客家文化基本精神特质的既有、传承、创造和发展的总和。客家现代诗文化是客家文化不容忽视的一个重要构成元素，是映照客家文化地域性的镜子之一。客家现代诗文化已然形成独特的"小气候"，并以"大景观"的姿态逐步呈现于粤东文学、岭南文学以及中国文学的视野中。朴厚的山乡情和守正的价值观，使得客家现代诗文化生发了不朽的风采。

第一，客家现代诗文化的"小气候"与"大景观"。

形成客家现代诗文化"小气候"的因素主要有以下几点：一是现代诗创作群体的形成，二是领军人物的出现，三是作品质量及其影响力，四是诗歌群体的文化追求与客家本土文化基本精神的一致性。

射门诗社是在全国浪漫主义诗歌运动处于高潮的 1989 年成立的，梅州次生林诗群是在全国诗歌式微的 1999 年初步形成的。这两个群体对于推动当代梅州现代诗创作发展，起到了夯实基础、确定方向、形成地域特色和培养新生力量的重要作用。还有其他一些诗歌创作群体与射门诗社、梅州次生林诗群有着千丝万缕的关系，比如2014年成立的平远县蔓草诗社和2019年成立的五华县作协新诗群，他们切磋诗艺，人才辈出，是梅州客家文学三驾马车（诗歌、散文、小说）中跑得比较有韧性的那一匹骏马。

在广东省作协于2018年底召开的梅州次生林诗群创作研讨会上，著名诗人游子衿和吴伟华被称为当下"具有相当影响力的诗人"，是梅州现代诗创作的领军人物，同时会议还肯定了游子衿作为灵魂人物对年青一代起到的引领作用。他们扎根梅州热土，用先贤黄遵宪"我手写我口"的态度，带领一大批有才华的诗人创作出了大量脍炙人口的诗篇，影响力不断扩大。在2019年第五届中国诗歌春晚上，梅州次生林诗群获得2018年度十佳诗群（诗社）奖项，这标志着梅州客家现代诗的创作已经形成"小气候"，成为梅州客家文学创作的一张名片。

同时还可以看到，客家现代诗创作群体的文化追求与客家本土文化基本精神是保持一致的。射门诗社以打造"世界的客家诗，客家的诗世界"为己任；梅州次生林诗群则以包容万方的客家情怀接纳年轻人的所有创新，发客声，书客地，名客物，记客事；平远县蔓草诗社以"民间"为核心理念，在客乡的山水间提炼诗情画意；五华县作协新诗群提倡关注身边的题材，着重从五华县本土的红色文化、美丽乡村建设、足球文化和工匠之乡文化着手，讴歌赞美家乡。这些具有明确客家地域文化追求的理念和做法，打造出了无数个客家新意象，极大丰富了客家文学园地的色彩，用诗歌创作的现代性复苏和传播了传统的客家文化。

综上可见，客家现代诗文化的"小气候"已然形成，从历史发展的角度看，客家现代诗创作群体正以继承者与创新者的身份，融入从清代中叶起由宋湘、李黼平、黄遵宪、丘逢甲、黄香铁、叶剑英、李金发、黄药眠、蒲风等人的诗篇光照而成的诗文化"大景观"中，"小气候"也因此成为新的"大景观"。

第二，朴厚的山乡情和守正的价值观是客家现代诗文化的精神特质。

《客乡暖阳：广东梅州十年（2011—2020）现代短诗 100 首评点》（以下简称《100 首》）中的客家诗人有着典型的客家山乡情怀，这与诗人们生于斯长于斯的土地记忆息息相关。别林斯基认为民族的独特性归根结底取决于"地点和气候"，而客家民系迁移到岭南的落脚点是漫漫的山区，独特的山地文化浸染了一代代客家诗人的心灵，笔端流淌出的文字便充满了洗也洗不去的客乡风味。

《100 首》的首篇选编了五华县诗人曾辉波写的短诗《酿豆腐》，是以一道客家人不用言说的传统菜名命题的。诗歌想要表达的是作者对一个华城镇姑娘的思恋，却没有用诗歌惯常使用的那些喻体，而是选择了地方饮食文化中具有符号意义的"（酿）豆腐"做喻体："只因年轻时候爱上／一个豆腐般水灵滋润的华城姑娘／她为我做过酿豆腐／那年正月初十／一顿饭喂饱了我的一生"，原本属于味觉的菜肴瞬间被作者转化为视觉审美意象，把美食记忆转化为爱的记忆。

这种爱的记忆是山乡风物赋予的，《100 首》第一个单元"客家"中其他 9 首诗也是通过"就地取材"传达情感记忆的，如黄锡锋的《老屋子》、黄新桥的《故乡的云》、张展鹏的《山坡上的守望》、张志荣的《村头那一株老榕树》、管细周的《菊桥》等都有所体现。另外九个单元"民间""知觉""简味""爱情""古韵""怀乡""家常""校园""才华"中的 90 首现代短诗，大都热衷于描述那些日常乡村面貌和家常生活场景，民间叙事多，亲情描写多，爱情表达不占主导地位，朴素情感居多，怀乡情绪浓烈，写得质朴厚实，褪去了城市诗歌的精致、煽情、机巧和浅薄。即使是在歌颂爱情，也极少郭沫若、席慕蓉、汪国真式的热情奔放，而是以朴厚的山乡情含蓄细微地表达出来，形成客家人独有的内敛型诗文化。

《100 首》所传递出的价值观呈现了一个鲜明的特征，就是守正。守正就是恪守正道，尤其是传统客家文化所倡导的精神内涵，比如爱国爱乡精神、崇文重教精神、勤俭朴素精神和团结奋斗精神等。客家现代诗文化并不追求思想上的所谓"解放"，而是在朴素的思想情感中找到与现代性对话（而非对抗）的可能，夯实观念中最基础的部分，释放时代所应该坚守的最强音。虽然因此失去了一些现代性，却获得了与传统客家文化保持一致的地域性和纯粹性，以内敛的态度在当代诗坛发出幽明的光辉。

李龙华的《养蜂人》其实是在告诉我们，对万事万物都要抱有虔诚的态度，"取出当季的雨水和花期，冲泡桃花蜜／他虔诚的样子多像一位高僧／体内流淌着浩大的钟声和经文"。客家诗人们用善意的目光、朴素的意念和健康的笔调表明，守正远比出奇重要，守正才是文学的大道。

朴厚守正是客家现代诗文化的精神特质。这个特质能够比较全面地反映当下梅州现代诗创作的选材特点和主题属性，也能够总体反映客家现代诗文化的区域特点和价值属性，它既是在梅州文化之乡生成的精神养分，又能固守和提升文化之乡的精神内涵，与遍布梅州城乡的传统诗词社（据不完全统计，传统诗词社共40多个，人数达到58 000，见《南方日报》2018年5月9日专文）一道，成为梅州诗文化不可或缺的重要组成部分。

第三，小气候之外的思考。

在选编《100首》的过程中，编者拜读了数以千计的客家诗人的优秀作品，除了惊喜和欣慰外，还有一些或许偏颇的忧虑：客家诗人的年龄开始老化，年青一代诗人尚未能顺畅接力，校园诗歌教育不够普及；女性诗人不多，其持续创作能力、作品质量和知名度都有待提高；走出梅州的优秀诗人很多，在广东省内已经形成一定的影响力，但大都以单打独斗的方式在发声，力量略显微弱；创作手法和理念相对传统，诗歌"现代性"中的"先锋性"略显不足；对本土优秀诗人游子衿、吴伟华等的研究还不够深入，大都停留于表层的鉴赏，缺少融入国家诗歌阵营的具有提升性质的介绍和研究等。

但总的说来，梅州客家现代诗创作是成气候的，在粤东文学、岭南文学甚至中国文学的视野中占有一席之地，实属不易。身处中国诗歌形势仍在等待新的春天的时刻，在领军人物和广大诗友的不懈努力下，梅州客家现代诗的未来更是可期的。

客

家

酿豆腐

曾辉波

关于客家美食酿豆腐
我固执地坚信
在梅州，五华的最好
在五华，华城的最靓

只因年轻时候爱上
一个豆腐般水灵滋润的华城姑娘
她为我做过酿豆腐
那年正月初十
一顿饭喂饱了我的一生

如今我甚至愿意一个人
去华城找家饭馆吃一次酿豆腐
不为遇见姑娘
只为静静地想一想
那酿豆腐似的美好时光

·编者赏读·　　　这是一首诗脉畅达的好诗。开头四句直白且执
拗得一如后现代口语诗，音乐此时万万不能响起，
但接下来的十句必须有浪漫的音乐做背景——诗人
开始巧借酿豆腐抒情，把美人和美好时光酿入了这
道客家经典美食。为此我要去华城镇吃一次酿豆腐，
甚至把颇有诗人潜质的曾辉波约出来聊聊。（本诗选
自《长乐文艺》2020 年秋季号，总第 125 期）

老屋子

黄锡锋

我的诗歌里，常常出现老屋子
这些衰老的东西，总会让
再老的时光，都不敢倚老卖老
它站在那里，村庄就不敢消失
离家出走的人，再老都不敢不回家
身上的苔藓，像祖传权威的老年斑
深深浅浅的裂纹，条理清晰
而且自信，仿佛一条条生命线
牢牢被它，握在手心里

·编者赏读·

树老了，就有神性，客家人会在树下摆上香火；屋子老了，也会有神性，黄锡锋先生用诗意为老屋子燃香。"它站在那里，村庄就不敢消失"，"离家出走的人，再老都不敢不回家"——老屋子有了如来佛掌心般的神力，牢牢掌控着家乡所有的细节和乡愁。（本诗选自微信公众号"厚街作协"，2018年1月30日）

故乡的云

黄新桥

昆仑隧道有多长
她就有多长
岽头村多高
她就有多高

日月共处在那
她就在那
涯屋卡茶盘屋有多久
她就有多久

在一片苦丁茶的叶上
她只呈现一抹嫩红

·编者赏读·　　岽头村、涯屋卡、茶盘屋、苦丁茶……是漂浮在海面的灯塔，客家人看到它们就知道回家的路。黄新桥（笔名乔木）将一首关于乡愁的诗歌写得如此接地气，又如此意向渺然，让在一片叶子上"只呈现一抹嫩红"的云彩，情意深似大海。（本诗选自黑松的文章《好诗在〈射门〉》，来源于"广东作家网"，2018 年 12 月 27 日）

友恭楼的前世今生

谢岳昌

阳光和一百年前一样
只是不再有
需抚慰的衰草枯杨
需壮行的金戈铁马

厚重的青石门槛
精致的雕花木窗
曾托起荣华富贵
亦尝遍世态炎凉

老屋的儿孙各奔东西
到处寻找先辈遗失的梦
更多热衷编织梦想的人们
要为它续写辉煌

用琴棋书画装饰封面
用嘹亮的歌声描绘插图
他们还要用飞扬的文采
让一部古老的线装书
焕发出新的风采

· 编者赏读 ·　　老屋子是客家人沉重的心结，值得一写再写。这座藏在梅江一路邮政支局后面的老房子友恭楼，是客家人精神家园的一种象征，是走四方的起点，也是聚拢亲情的终点，诗人用飞扬的文采和形象贴切的比喻，写出了友恭楼的历史身份和当下的期盼。（本诗选自《梅州日报》梅花版，2018 年 1 月 31 日）

月光照在回家路上

吴伟华

终于，我可以裸露这一身伤痕
它来自于早年的贫苦、屈辱
光阴一寸一寸地吞噬
来自于相思远

来自于欲望、谎言、尔虞我诈
还有一部分是不知准确位置的内伤
还有则直接镌刻在额头
或肩膀

我用情爱喂养月光
照耀一个人的前世今生
这个秋天，我多了一份热爱
带着柴火清爽的气息

倦鸟归巢。月光安静得像一首老歌
若有似无
从远方到故乡
推开虚掩的门，就回到了家

· 编者赏读 ·

吴伟华作为颇有知名度的诗人，又名吴乙一，
一个对诗歌风格没有任何暗示的笔名。这首诗却能
展示诗人写诗的一贯风格，不脱离生活场景和不离
开个体感受，与编者的审美倾向撞个满怀。一句
"我用情爱喂养月光"饱含了客家人内心深处李白
般"举头望明月，低头思故乡"的故土情结。（本
诗选自吴伟华诗集《不再重来》，2013 年版）

划入慢生活社区的凌风路

廖是添

突然就喜欢上了这样的时光
黛青的瓦檐粉白的长廊
竹编灯笼清幽的桐香
敲打木屐与老式座钟的滴答
肉丸味酵粄也不吆喝
只蹲在三三两两路人进出的街角
濯洗旅人歇脚的劳尘
看看天色离黄昏尚远
可就是分不清
春夏与秋冬

· 编者赏读 · 梅城人大都知道位于江北老城区的凌风路，东西走向，双胞胎般地分为凌风东路和凌风西路，其实长相相似，两边多为中西混合式的骑楼。这么具体的实景，大概只有诗歌才能把她虚化为美好时光，以及分不清四季的安逸。（本诗选自罗青山主编的《客都客家文学选粹·诗歌卷》，2014年版）

山坡上的守望

张展鹏

两座坟。
一座在村的左边，
一座在村的右边。
一座葬着爷爷
另一座葬着他的童养媳
他们一个活了八十三岁，
一个活了八十七岁。
生前他们隔两天见一次
有时候有话说，更多时候不说话。
死后，他们天天对望
隔着生活了一辈子的小村庄。

·编者赏读·　　　张展鹏笔名中波，被郑飞龙称为"一代狂人"
和'传奇中的人物"，但是这首诗写得异常安静：
两座坟，天天对望。而激起编者好奇心的，是短诗
里故事中的女主角"童养媳"，她为何没有成为他
坟茔中的媳妇？（本诗选自罗青山主编的《客都客
家文学选粹·诗歌卷》，2014年版）

村头那一株老榕树

张志荣

一道绿色的符咒
在风雨中修炼了百年
挡百煞，解不利
护佑着村子的平安
岁月的秤杆
不断增加砝码
老榕树的腰杆
被一圈圈的年轮
压得一低　再低
多么像父亲的暮年
在岁月的寒风中
染上了一层厚厚的冰霜
只要借一束暖阳
便能窥见隐匿的旧时光

· 编者赏读 ·

诗人以梅州村头常见的老榕树为本体，引出了两个重要的喻体，一个是"绿色的符咒"，一个是"父亲的暮年"。前者让人心安，老榕树是一个守护神；后者让人不安，老榕树般的父亲垂垂老矣。最后诗人巧借第二个喻体，表达了想要探知"隐匿的旧时光"的愿望。（本诗选自《梅州日报》梅花版，2018年8月29日）

菊桥

管细周

显然，这是座以一个女人的名字
命名的桥。走过菊桥
一位老华侨在日暮时分
完成了他对已故母亲的怀念
菊桥老了。交通的功能在
渐渐退化，倒更像小镇结构中
一处古典的装饰。如今桥上
偶尔出现几个散文般的身影
或者几只停留于桥栏上的鸟儿
"去南洋了"，曾经的一句话
藏起了多少传说。请慢慢听
风中的菊桥一一道来
它诉说的姿态就是河岸边
濯洗的老妪弯下的脊背
菊桥缝合了记忆与生存
让它们和解，不再仇恨
桥这边是人杰地灵的小镇
对岸是挤满墓地的山冈

·编者赏读·　　　　诗中所说的"去南洋了"即"过番"，是梅州客
家人的历史记忆之一，充满一言难尽的辛酸苦辣。
从一座桥切入，不管是真有菊桥还是诗人虚拟的一
个名字，总之里面包含着凄美的故事，让人浮想联
翩。呈现出了诗歌的宽度和广度。（本诗选自《台港
文学选刊》2016年第4期）

慢城

冯杰福

通往市区的路上走着许多人
纵是人如蝼蚁，在大自然面前
也显得空荡荡。前方有那么多
命运在招手，我只要最适合的
那一个。流水已经带着丰盈的
涟漪离开，顽石还挛缩在那里
转变的过程会很慢。流水你
可以不必去等，但请你一定
要原谅。就像这座城市一样
只有慢下来，才不会消失

·编者赏读·

这是一首值得玩味的小诗，切中了不少人的一个疑问：梅州的节奏为什么那么慢？梅州市雁洋镇近些年还加入了"国际慢城联盟"？都说因为在山区，都说客家人的性格不温不火，但这首诗告诉人们，只有慢下来梅州才能如水中顽石一样保留自己的光辉，保持自己的城市气质。（本诗选自《梅州日报》梅花版，2020 年 7 月 8 日）

民

间

长布村

曾桓开

石坑墟于长布村西北，10 里
石马墟于长布村西北偏北，18 里
黄陂墟于长布村正北，20 里
石正墟于长布村东北，23 里
大柘墟于长布村东北偏北，40 里
龙虎墟于长布村正东，12 里
大坪墟于长布村西南，30 里
车子排于长布村正南，16 里

外婆的一生，除了在山野田地
和锅前灶尾，基本上就是行走在
这些墟场之间，和她的鸡蛋茶叶
咸菜草药生姜南瓜稻谷包粟
以及她的关节炎和头晕症
县城于长布村何方，外婆并不知晓
她听人说走路要一天，坐车要好几块钱

外婆去县城的那天，月朗星稀
灵车悄悄驶出石坑墟，驶入龙虎墟
驶入大坪墟，然后驶进城北
驶进火葬场，送她的人都睡着了
安安静静地抵达了城里

·编者赏读·　　遇见此诗，目光根本移不开，眼泪随最后一句
净缓缓流下。此时并不知道作者曾桓开（笔名吾同
树）已故。上网一查：吾同树，本名曾桓开，生于
梅县区，毕业于暨南大学中文系，2008 年 8 月 1 日
自缢身亡。此诗写于 2005 年，破例立此以致哀并致
敬！（本诗选自罗青山主编的《客都客家文学选粹·
诗歌卷》，2014 年版）

炒黄豆

薛广明

村里的小孩头发贼长
每隔一月就要理剪一次
春夏秋冬，四季如是
剃头师傅会挑着担子
准时来到各个生产队
各家的小孩排成一列
剃头师傅手持推剪
一个个脏乱的脑袋
被拾掇得干干净净
照例，中午在某户人家
要请剃头师傅吃个午饭
一次，轮到我家请客
也就是多摆了双筷子
炒碟黄豆，喝杯烧酒
而剃头师傅已经很满足
使我印象深刻的是
突然有一粒炒黄豆
掉到了桌子的缝里
剃头师傅用手一拍
只见炒黄豆弹跳起来
准确地落入他的嘴里

· 编者赏读 ·　　客家话里也有东北话"贼长"吗？不是"安长"
"十分长"吗？读到第一句编者就哑然失笑了，读到
最后两句"只见炒黄豆弹跳起来/准确地落入他的嘴
里"，简直就是哈哈大笑了。但这并不是一首搞笑的
诗，诗人很认真地写农村的民间场景——如此朴实
生动。（本诗选自微信公众号"射门诗歌研究"，
2020年8月22日）

乡村老人

何望贤

土房瓦屋与现代建筑
在阳光与绿色中斑驳
山村安静
几位老人聚坐门前
喃喃细语却吵飞了
杠旁树上的小鸟
他们每天叙述的便是
自己的病痛还有骄傲
衣食住行的便利和孩子
总常在心中口中叨唠
"活得太长了，不想"

岁月的沟壑里
流淌着的是山村老人
无尽的寂寥
苍老的目光注视着
那条通往远方的路
祈祷着病痛远离、灾难远离
想的是身边
该不该养只听话的猫

・编者赏读・　　很家常的场景却不平常，诗人的慧眼识破了其中的"寂寥"。读到"他们每天叙述的便是/自己的病痛还有骄傲"尤为有共鸣，岂止是"乡村老人"，"城市老人"不亦把病痛藏在骄傲的表象下？有人固执地把诗歌定位为风花雪月或浅吟低唱，其实不然。（二诗选自《梅州日报》梅花版，2019 年 10 月 30 日）

吴小燕

仓子下寻梦

清晨的蚂蚁，爬过一小块故乡
爬过菜园，带来山野的迷雾

光线缓缓落下。这时间的使者呵
站在深秋的河岸
铺开一面湖水的秘密

风在大声朗诵。它说
下一场雨。一场雨是天空揉碎某片蔚蓝
在相思瀑布，无边无际地奔跑

没有过多的等待
林间深处的鸟鸣，填满了
那些未曾点燃的火焰
流水、阳光、一片红叶的前世今生

离开之前，仓子下的天空
一次次被点燃
我的爱，一些在命运的深渊
一些在你身上
一些在山峦上，被风找到

· 编者赏读 ·　　　仓子下是平远县上举镇的一个小山村，蚂蚁、菜园、山野、河岸、湖水、瀑布、鸟鸣、红叶……铺陈出这里的旖旎风光与田园之美。迷雾、秘密、揉碎、奔跑、等待、填满、点燃、找到……折射出诗人的流连忘返与深沉之爱。（本诗选自微信公众号"客家诗群"，2016年4月9日）

山花

邱永东

山路弯弯，偶然
就遇见了春天

与你行走的方向一致
与春风行走的方向一致
谈论山花、天气
以及人生
从少女的矜持中伸出
野性的真诚
纤纤玉手便握住了
结交天下的朋友

惊慌失措的我
定神斗胆
抓住你的温存与善良
娇美与大方
你的笑声一如无云的天空
你的笑容一如道旁的山花

山花
在无云的天空下
烂漫着我青春的心房

· 编者赏读 ·
笔名秋咏冬，大学数学专业出身，却用汉字表达出数字、符号与线条难以表达出的感性之美——"山路弯弯，偶然/就遇见了春天"。邱永东是一个具有民间情怀的诗人，笔下离不开这些无语的"山路"与"山花"，为浪漫铺上了一层淳朴的色彩。（本诗选自邱永东诗集《山花烂漫》，2019 年版）

养蜂人

李龙华

更像只工蜂。言语沾满草木清香
在桃树下他和我说起单眼
复眼和嚼吸式口器。说起膝状触角
感知的晨昏。他从手摇井里
取出当季的雨水和花期，冲泡桃花蜜
他虔诚的样子多像一位高僧
体内流淌着浩大的钟声和经文

·编者赏读·

自古高人在民间。诗人竟把一个乡间普通的养蜂人写成了高人，这个诗人也可称为高人了。诗人着墨不多，只用养蜂人一像工蜂、二像高僧这两个比喻，就把一个远离尘世浑浊的人刻画成一个"言语沾满草木清香"，"体内流淌着浩大的钟声和经文"的绝世高人。（本诗选自微信公众号"诗传播"，2019年8月4日）

李大爷

张　标

孤独，贫穷
早年被拐卖，摆地摊卖杂货为生
中年丧妻、膝下无子
十年前，被村干部识别为低保户

最奢侈的一次，就是临终前
大病一场。那是他第一次进城
第一次与退休干部成为邻居
第一次看见自己的名字，旗帜一样，被高高挂起
第一次有护士把脉、翻身、换药
第一次，把命押在手术台，与老天豪赌一把
他赢那天
老天爷竟然输了，号啕大哭，泪流满面

·编者赏读·　　诗歌是概括性和跳跃性极强的一种文学体裁，不用散文的铺陈，无须小说的刻画，也回避戏剧的冲突。这首诗没有铺陈，没有刻画，没有冲突，却像散文那样引发情感共鸣，像小说那样栩栩如生，像戏剧那样在情理之中，又在意料之外。读者也输了吧。（本诗选自微信公众号"现代诗歌诗刊"，2020 年 2 月 8 日）

扶贵市场那个卖水果的女人

周华景

卖水果的女人
每天像约会一样准时出现
从乡下走来，进入市场
像晨鸟一样叫醒大家

几串旧时的乡音
重复吆喝
却总能直达心灵
让人可以把她记住

她脸上带着岁月的沧桑
像摊子上那些斑驳的老柚
被寒风含在嘴里
舔了又舔

水果当初在树上
练就了坚强的个性
在岁月里慢慢改变
它们学会成熟
交出自己纯洁的灵魂
喂养这个城市

·编者赏读·

意大利电影《邮差》中，获得诺贝尔文学奖的智利诗人巴勃罗·聂鲁达，用"暗喻"教会了笨拙的邮差马里奥写诗，马里奥用诗歌成功地追到了美女阿特丽契。这首诗深谙此道，把扶贵市场那个卖水果的女人暗喻为水果，恰当而令人心疼。（本诗选自微信公众号"梅州文学网"，2020年3月24日）

古镇洋铁匠

曾志雄

古镇的人都知道洋铁匠履历简单
祖父，打洋铁，父亲，打洋铁，他，打洋铁
七只有古镇的人，才能听出
铁匠敲打出的，复述岁月的声音

生活，以这种方式传宗接代
纯粹而毫不夸张
可是，一说起大城市捞世界的儿子来
他笑了，眼睛比光滑的洋铁还明亮

·编者赏读·　　《诗经》中的"复沓"不是简单的重复，"祖
父，打洋铁，父亲，打洋铁，他，打洋铁"亦如此，
除了在音律上起到加强节奏和醒目的效果外，更主
要的是在内容上突出复沓语句之间的顺承关系。这
首诗美美地告诉读者，时代变了，"复沓"不能再继
续下去了。（本诗选自微信公众号"修远文化"，
2019 年 7 月 12 日）

堂哥

黄锡锋

曾叹　人生苦短
可是　你的计划
也实在　太庞杂

前年还挖一口池塘
想养活自己的晚年

去年还包下别人的
十亩地　想替车祸的
大儿子　偿还点债

可谁知　一转眼
却成了黑框照片的
微笑

别人都说你　慈祥
可分明是一种歉意

·编者赏读·　　这首诗可以诠释诗歌表现人物的目的。如果说"抒情性"是诗歌永恒的特征，那么诗歌表现人物的目的也是抒情，要引发读者情感的变化。诗人借事抒情，第一段忧虑，第二段心酸，第三段难过，第四段哀伤，最后一段同情。最后一个"歉意"概括了堂哥的品性。（本诗选自微信公众号"老乡味文学"，2016年7月21日）

知

觉

蝴蝶

游子衿

我曾经不喜欢红色，但现在喜欢了
当一只蝴蝶飞着飞着，停落在
一朵红色的花上。红色一直以来的艳俗
被悄然抹去……
我不喜欢的颜色还有很多
什么时候，这只蝴蝶才能将它们
——造访

这只蝴蝶，长着黑色的翅
它来自哪里
它一定不是来自我遥远的故乡
这只蝴蝶，轻轻晃动着头上的角
它一定是一个
唯一的人，我们至今尚未相遇

·编者赏读·

读游子衿的诗，总有种知觉被唤醒的感觉。事物的外部特征在诗人脑海中反映得如此微妙，一般言语和手段已经无法传达，象征便成为他的常备工具。黑色的蝴蝶落在红色的花朵上，"红色一直以来的艳俗被悄然抹去……"——黑蝴蝶是诗人神往的唯一审美尺度吧？（本诗选自微信公众号"客家诗声"，2015 年 11 月 13 日）

郑飞龙

冬 至

究竟是谁开的门
气温骤降
7℃的 G 城一阵颤抖
仿佛一把刀掠过水面
人们低下头颅裹紧大衣

只有他　我那两岁的儿子
挥舞着拳头殊死搏斗

·编者赏读·　　郑飞龙的诗招人喜欢的原因是，他对世界的感知独特、新鲜、耐人寻味且出乎意料。当准备把想象聚焦到大街上"裹紧大衣"的人群时，他骤然抛出屋子里一个两岁娃娃对寒冷的反应。面对危机，有时成年人还不及一个孩子来得坚强，诗人敏锐地觉察出了这个道理。(本诗选自微信公众号"梅州文学网"，2019 年 3 月 28 日)

此岸花开，彼岸花香

张友子

是，我固执
不忍看到它离去
将每一张败叶、每一朵残花
每一节枯枝、一寸落灰
存着、留着，埋在土里
渴望长出更多新的生命

"囡囡啊，你这样是长不出新东西的"
不，不，你们都不懂！
你们看不见它血脉搏动
听不见它的呼吸轻柔
是你们无法感知生命的悸动

它一定在暗中发芽，漫漫长夜里倾诉
我总是无法离弃地抚摸它
等待长出花蕾，等待花团锦簇
总有一天，可以漫山遍野
替我，延伸到你的梦里

妈妈，如果你在梦里被花香醺醉
请不要讶异，那是您女儿
用您留下唯一的种子
载着我的幸福来到您身边
这是我远在他乡的思念
用唯一的方式，给您的礼物

· 编者赏读 ·

女诗人的知觉总是那么细腻与温婉，细腻到"每一张败叶、每一朵残花/每一节枯枝、一寸落灰"，温婉到"我总是无法离弃地抚摸它"。经由两者交织出的思乡之情，不用技巧也令人动容。张友子是在平远县工作的新客家人，文字中有江浙女子的感性动人和袅娜风姿。（本诗选自微信公众号"香雪读书社"，2017年1月30日）

颠覆

余开明

我有一双手
却不能撕开山脉
也提不起长江黄河

我对于生活
总是半信半疑
时光已老，树木听着

岁月能够轻易地改变一切
漏下的阳光，像白发
在沉默中对抗着

我有一双手，却不能
把自己从大地上提起
尘世太重，而真理太轻

·编者赏读·　　　"我有一双手/却不能撕开山脉/也提不起长江黄河"，写出了人在无能为力时的一种知觉，虽然是纫微的知觉，但开篇显得较大气。中间部分仍写人的无奈，最后一段在呼应第一段的知觉后，得出"尘世太重，而真理太轻"的结论，水到渠成，刻骨铭心。（本诗选自微信公众号"品读春秋"，2016年5月22日）

春雨

曾文婷

突如其来　一个华丽的登场
料峭春寒里吐露的嫩芽
开始了　一种信仰的表演
滑溜溜的枝木上
长出小小的甜

穿着浅色软裙的人儿
正踮着脚尖　眉眼盈盈
与雨水来了个满怀拥抱
就在刚刚
她接受了桃花的暗示
对未来　有梦幻的期待

·编者赏读·　　　读罢此诗，《诗经》中的"桃之夭夭，灼灼其华"就蹦了出来，一个新娘子的形象浮现眼前。古诗善用重章叠句反复咏赞，渲染气氛，但这是一首现代诗，更加强调知觉在营造画面感中的特殊作用，"长出小小的甜""正踮着脚尖　眉眼盈盈"，知觉的生动性可与古诗共舞。（本诗选自微信公众号"梅江文学"，2020年4月29日）

每条伤痕光阴都会补偿

陈其旭

轮子飞扬，卷起山地车风暴
阳光要青春亮出黢黑
乌云不垂怜泪水

角逐多了，身上的赛道
有看不见的崎岖、陡峭、泥泞
胆怯、迟疑的人就此别过

万佛园里，倔强忽略伤口
车辙忘了与春天相约
花果不说凛冬的冷

泉城之上，疾风暗藏赞赏
每条冲刺的伤痕
光阴，都会一一补偿

· 编者赏读 ·　　　诗人在描述一个比赛现场的时候用到了知觉，
"角逐多了，身上的赛道/有看不见的崎岖、陡峭、
泥泞"。这种知觉是独特的，是被诗化了的，是超越
常识的认知，因而诗人是一群手握神笔的人类物种，
目光善落凡人知觉不到之处。（本诗选自"粤东诗歌
发展促进中心"的《粤东诗歌光年 2019》，2020 年
11 月 1 日）

033

我心中住着一个月亮

周秋莲

我心中住着一个月亮
那是一汪不曾被打扰的湖水

我常想挥开浑浊的意念
却在迷茫中，更陷入迷茫
没有心中这轮月，
我不能平静地到达目光所至的地方

流年似水，一切过往皆似梦
我身着素衣，虔诚颔首
许是一念卑微，一念天堂

·编者赏读·　　　很干净的一首小诗，或者说是一首可以扫除"浑浊的意念"与"迷茫"的小诗。说出的道理不算复杂，我们在尘世定会遭遇诸种嘈杂，但心中若有一轮明月，人就会平静，宁静致远，能够"到达目光所至的地方"。这轮明月只在诗人的知觉中存在，是一片净土的象征。（本诗选自微信公众号"同步悦读"，2020年2月16日）

血管里有一束光

叶翔清

南方的城市繁花似锦
我身体的大半已远离故土
今天，四十八圈年轮的血管有一束光
流亡之光
一束光里，一个蚂蚁从一座城市
爬行到另一个城市
背上，爬出一道月亮弯儿
它却是幸运的

·编者赏读·　　　　诗人笔名羽青，是在珠三角工作的客家人，因此诗中有了"一个蚂蚁从一座城市/爬行到另一个城市"的形象描述。在历史长河中，迁徙渐变成客家人的一种习惯，生发出到哪里都能发光的意念。可"流亡"一词和背上"爬出一道月亮弯儿"，还是暴露了诗人的淡淡乡愁。（本诗选自微信公众号"梅江文学"，2018年8月1日）

父亲

张标

为了生计，头顶烈日，磨斧，伐木
树砍完了，他从自留山上下来
把月光磨成一把锋利的杀猪刀

后来，他放下屠刀，当正化庵理事
拜觉空为师，法号觉城
穿袈裟，念经、拜佛
为穷人求签祈福，替病人画符、降药
帮读书人求功名，出行者求平安

再后来，我请求菩萨原谅，带父亲进城
出发前，他把一张护身符
轻轻地塞进了我的衣兜

·编者赏读·　　直觉给诗人灵感，但诗人不是靠直觉活着的人。
此诗落笔实，充满理性的知觉，一直在冷静觉察着
父亲的命运归宿："为了生计，头顶烈日，磨斧，伐
木"，"后来，他放下屠刀，当正化庵理事"，"再后
来，我请求菩萨原谅，带父亲进城"，而最终父亲没
有抛开他的信仰。（本诗选自微信公众号"梅江文
学"，2019年12月20日）

向左或向右

罗琼

夜雾迷漫
夜行者的双肩落满霜花
谁的叹息带着忧伤
无人的街角四下飘忽

十月的暖意在别处茂盛生长
这个季节
思虑比距离深长

凌晨的十字街头没有车水马龙
当他经过时
红灯适时亮起
闪烁着生活的秘密
向左或向右
脚步已经停不下来

·编者赏读·

诗意朦胧，散发出淡淡的忧伤和焦虑。诗人在利用知觉营造意境方面独有心得，尤其是"思虑比距离深长"一句，既承上启下，又一句立骨，把夜行人的心理状态一语道破。"闪烁着生活的秘密"为结尾设计了一道选择题，夜行人就要结束哈姆雷特式的犹豫了。（本诗选自《嘉应文学》2014年2月，总第476期）

简

味

旧时光

周华襄

运煤的老式火车总是在黄昏穿过城市
有人看着它发呆
有人视而不见
无法改变的是它的缓慢
这么多年了，它既没长高
也没变大

· 编者赏读 ·

有时只要把看到的场景写下来就行了，比如这首诗，火车缓慢穿过城市，外观一直没变，有人在看它……可在这个看似普通的场景里，揉进了诗人细微的怀旧情绪，还有一种乡愁。就像一件老古董，不是所有的旧时光都必须被埋葬。（本诗选自微信公众号"火车兄弟"，《梅州次生林诗群作品选·修订版》，2018年11月22日）

朱湘晴

风

我把喜欢　说给风听
吹过雪山　森林
飘过荒野　田园
从此万物
皆知我心意

·编者赏读·　　浪漫主义诗歌喜欢写"风"，像雪莱的《西风颂》。"风"在诗中常被喻为信使，诗人们写出的任一地址她都能到达，比如"爱人的心房"。本诗的地址并不确定，雪山、森林、荒野、田园及其代表的万物皆是，而正是因着这种不确定性，诗人的浪漫情愫才通达天下。（本诗选自微信公众号"梅江文学"，2020年8月28日）

简　味

断线

刘杏红

聊着聊着
没有回音
心儿慌了
害怕了
猜想诸多

·编者赏读·

很像诗人伊沙醉心的那种口语诗，似乎剥离了
诗歌的抒情性，但分明能够撩动人的情愫和思绪，
羊与之共鸣。这首诗传达出来的信息很细微，你我
都曾感知：是我说错了什么？是他不高兴了？我们
还能继续下去吗？我要不要主动把断了的线接回？
（本诗选自微信公众号"梅州文学网"，2017 年 8 月
11 日）

郑飞龙　欲望

像贼，像性感的小猫
习惯了黑暗与情欲，对陌生事物
充满好奇，并从不满足

它就这样来了——
来得悄无声息
它就这样进入房间
掠走一切

· 编者赏读 ·

好的诗句四两拨千斤，一个比喻"像性感的小猫"，抵过那些哲学家们厚重的说辞。"小猫"如此可爱，欲望就不再是狰狞的魔鬼，"性感的小猫"如此诱人，欲望就是深情的召唤。"像贼"也是一个不坏的比喻，至少从另一侧面说明，欲望也有暗暗滋长的时刻。（本诗选自《嘉应文学》2015年6月夏季号）

诗心

黄言甬

无事"葛优"躺
茶一壶，闭两眼冥想
惹三行诗心荡漾

·编者赏读·

"一壶""两眼""三行诗"，序数让诗陡增情味，宋代邵雍《山村咏怀》中的"一去二三里，烟村四五家"，也是因数字而有了诗韵节奏和妙趣。其中"三行"有一语双关之妙，既泛指一首诗，也特指尤哉游哉的生活中生出的这三行诗，形象而生动。（本诗选自微信公众号"梅州文学网"，2020年9月24日）

邻居

刘梅兰

他们，我的叔伯姑嫂
就着月色，围坐村口
谈天、说地，说地里的庄稼，说后山的杜鹃花
说新栽的仙草、烟叶，说出门的娃
说春日下个没完的雨水

说到村中老叔公的咳嗽
众人突然失语
夜那么长，路那么远

· 编者赏读 ·　　村里的邻居们凑在一起说得那么热闹，那么生机勃勃，丝毫没有停下来的迹象，但触及一个垂垂老矣的生命时，却"突然失语"，安静下来，对于生命的未知和敬畏似乎限制了邻居们的呼吸。诗人营造出的这一凝固瞬间，空旷迷茫，意境黯然，意味深长。（本诗选自微信公众号"读图时代"，2015年4月3日）

虚度

何伟鹏

光阴在树洞里
黑蚂蚁相拥其中
挤在眉宇间
微茫
树梢上的月牙儿
滴落的光影
这致命的诱惑
注定要随西风摇曳

　诗歌既可以呈现超越现实的虚拟情绪，如"为赋新词强说愁"这种不存在的情绪，也可以呈现极为现实的某种情绪，如此诗中流露出的对光阴虚度的一丝迷茫。树洞是虚空的，黑蚂蚁在虚空的空间中本身就有虚度的意味，而诗人营造的这个情境则指向了众生虚度的理由。（本诗选自微信公众号"厚街作协"，2018 年 2 月 7 日）

从早到晚

曾建新

从早到晚
也不知忙些什么
反正所有生命
都是如此
有意义或没意义
都是从早到晚
未多出一分一秒

·编者赏读·

越容易被理解的道理，越不容易被表达出来，太直接了会有浅白说教的嫌疑，太含蓄了又有故弄玄虚的嫌疑。这首诗表达得恰到好处，语言朴实，有点口语化倾向，像一个朋友在浅浅诉说，"从早到晚/也不知忙些什么"，又很真诚地安慰你，"都是从早到晚/未多出一分一秒"。（本诗选自微信公众号"梅州文学网"，2020年9月1日）

诗和远方

薛广明

老王在工地干活回来
路过文化馆门口
看见免费画展的广告
于是他进去参观了一会
他不懂诗，也不懂画
只是觉得不看白不看
相当于省了一张门票
在《诗和远方》的画前
老王想起了自己的老家
那里有他的老婆孩子

· 编者赏读 ·　　　前七句写了一个农民工的粗浅和狡黠，有点轻
幽默的效果。后三句却让人突然有一种酸楚的感觉，
农民工虽然不懂诗画，但这幅画触动了他内心最柔
软的地方，那里住着老婆和孩子。所以在艺术面前，
情感共鸣才是最重要的，而不是什么技巧或创新，
一如这首诗。（本诗选自"射门诗歌研究"，2017 年
3 月 17 日）

洗米

涂永平

在城市的高楼里
朋友不经意地拨响了
这唯一的乡间音乐
我听到故乡的水声
和母亲的叮嘱
自米的周围弥漫开来
朋友　一遍遍地
洗米
这是从故乡捎来的大米
这是我们亲近泥土的最后方式
在愈来愈坚硬的城市里
已经很难接触到与泥土有关的东西
故乡捎来的大米
在朋友的指间
一粒粒落在我的心坎

·编者赏读·　　诗歌特写了朋友洗米的一个小场景，却能够看到另外两个大场景在诗人内心的对抗，一是钢筋和水泥构造出的城市景观，二是稻米和流水编织出的农村风貌。对抗的结果是诗人的领悟，"这是我们亲近泥土的最后方式"，也有感叹，"已经很难接触到与泥土有关的东西"了。（本诗选自微信公众号"修远文化"，2019年7月12日）

爱

情

陈映霞 **鱼**

我是你目光里的鱼
此生最浪漫的旅程
是从你的左眼游到右眼

· 编者赏读 ·　　短短的三行情诗，俏皮至极，灵动至极，浪漫至极，哪个恋人都愿手捧信纸，看了又看，然后真会满眼都是你。而写信人的目的是要像一尾可爱的小鱼一样，从你的左眼游到你的右眼，然后游到你的心海里。接下来呢？在你温暖的爱里度过此生。（本诗选自陈映霞所著的《围龙屋的女人》，2019年版）

丁丁的爱情

陈剑州

丁丁原名古添香
关于她的爱情
其实很简单
和很多人一样
也是开始的时候一个人
然后是二个人
然后又变成三个人
三个人又变成二个人
最后二个人变成一个人
爱情就这样来来往往
轻松平常
关于丁丁的爱情故事
其实很简单
我在上面用一分钟就说完
而丁丁，却用了整整五年的时间

·编者赏读·

所有的情谊中，爱情是最善变的，所以丁丁的爱情"就这样来来往往"；所有的情谊中，爱情是最难维系的，所以丁丁的爱情"用了整整五年的时间"。看似平常的叙述，却把爱情的两个特性暴露出来，连带出一个因果关系：爱情是最善变的，因为爱情是最难维系的。（本诗选自微信公众号"火车兄弟"，《梅州次生林诗群作品选·修订版》，2018年11月22日）

婚床

王晓燕

走向你
我只用了 1 秒钟
此后用一生
守着一张床、一个人

全棉床套加厚磨毛
低调，却是我心之向往的奢华
法兰绒、绣花缎或蕾丝提花
更换着许多的年月和纷扰
一直开着花
不凋零

两个人的体温焐热了岁岁轮回
红纱窗帘的缝隙透出着春与秋
日子裹在暖衾细软里
磨淡了来时的路
方寸间日复一日
细数遗漏下的
每一缕月光

床头的灯是夜归人的航塔
万物都在相爱
迷失的炫舞有了唯一的方向
旋转、踌躇、前行
直到最后
稳稳地降落、妥妥地安放

时光渐渐褪色
我打算把暮年也交给你
与它相拥着

细细地

把那些经历过的人和事

再重新爱一遍……

· 编者赏读 ·　　　没有比她更钟情的，"走向你/我只用了 1 秒
钟"，也没有比她更忠贞的，"用一生/守着一张床、
一个人"——诗歌的开篇就如此撼动人心。全诗描
述不失细致，既有婚床上全棉床套的细节，又有婚
床上遗漏下的每一缕月光。而一句"我打算把暮年
也交给你"，令诗浅情深。（本诗选自微信公众号
"作家园艺"，2017 年 7 月 7 日）

这一低头的温柔

何伟峰

冬日午后，趁着阳光极好
提一桶热水给你泡脚
柔揉，柔揉。水温恰好
恰似阳光在你的酒窝上闪耀

把你的双脚轻放膝上
十个脚趾都是阳光的味道
指甲钳专注地亲吻光洁的趾甲
多像阳光此时将我们暖暖地照

我是一个不愿轻易低头的诗人
却无比喜悦地在你面前一次次弯腰
你低头，手指在我的发间舞蹈
又不动声色地将第几根白发拔掉？

·编者赏读·　　　诗写得很温暖，似乎"阳光此时"也将读者
"暖暖地照"。诗也写得很流畅，一是因为本诗押
韵，读起来有抒情歌曲般的韵律感，二是画面营造
得自然流畅，结尾处水到渠成地由"我低头"转换
为"你低头"，悄悄为诗人拔掉几根白发，有了想
象中白头偕老的浪漫。（本诗选自微信公众号"梅
州文学网"，2019 年 11 月 21 日）

黄慧良

回忆

染上玫瑰色的浓艳
红唇上的咬痕
在静夜里依然隐隐作痛
你的呼吸声
在耳边若隐若现

我是一尾离开水的鱼
刻在记忆里的那个夏天
我们一起
在阳光下流下泪水

有些事一转身就一辈子
等待，是一生最初的苍老

·编者赏读·　　　第一段在写精妙的爱情：爱情是有颜色的，诗歌首句给出了"玫瑰色"；爱情要经历痛苦，诗人写出了那种"隐隐作痛"的感觉；爱情是一种思念，"呼吸声"还"若隐若现"。第二段通过对那场无望爱情的回忆，生发出最后一段对那场爱情的痛悟："等待，是一生最初的苍老"。（本诗选自《梅州日报》梅花版，2019年7月10日）

我已不记得爱情的模样

周秋莲

我已不记得爱情的模样，
是满心欢喜扎的两条小辫，
是沙滩拼凑成名字的鹅卵石，
或是，开满芦花的河岸，
我笑着跑，你笑着追的身影。

我已不记得爱情的模样，
是你手捧火红的玫瑰，
是你出差买的旗袍、发夹，
或是冬夜里牵手仰望的星空。

偶遇风雨的路上，
有你，有我，
相携走过的痕迹，
深一脚，浅一脚，细密蜿蜒。

岁月的波纹，流向你我的眼角。
我已不记得爱情的模样，
在时间无涯的荒野里，
它细得像根头发，轻得像缕风。

· 编者赏读 ·

很适合诵读的一首情诗，运用了蒙太奇式手法，把不同的画面组成了一个浪漫的小视频，一如短视频里那些极具吸引力的创作，令人情不自禁地反复播放，久久回味。除了画面感强，诗歌的立意也意味深长——"我已不记得爱情的模样"——是的，记住的不一定就是爱情。（本诗选自微信公众号"梅州文学网"，2019 年 7 月 16 日）

纸飞机

航亿苇

待这夜的狗叫跟着你的足音
跑遍那个遗忘的日子
我捡起草绳
把那笑过的风铃
系上一只纸飞机

我想让那个记忆的日子飞起来
从仿佛已经遥远的过去飞起来
我想说那便是忠诚
是草绳捆绑过的忠诚
虽然一切都在消失
但每一个可能都在为你惊醒

·编者赏读· 诗人常常不能免俗，尤其在驾驭爱情题材的时候。这首诗把"风铃"和"纸飞机"作为一种浪漫爱情的象征，对爱情提出"忠诚"的要求，一点都不显得独特。但"把那笑过的风铃/系上一只纸飞机"的想象，"是草绳捆绑过的忠诚"的暗喻，并非庸常了。（本诗选自《射门诗刊》2014年12月卷）

如此美好

吴伟华

我们听到的是同一片雨声
206 国道刚修好，班车缓慢行走
广梅汕铁路还未开工
亲人间靠写信联络
我的书包跻身行李架中央
装有水壶、书本、随身听和录音带
1994 年夏天，我路过你的村庄
看见草木葱荣
一群人在吊脚楼上闲聊
一窝鸡在树下避雨
我反复张望。你或许在梳妆
或许翻开课本开始诵读
少年还没有遇到相爱的人
我们都不知道漫长的雨季何时结束
……昨夜，和你聊到往事
说要写下一首温暖的诗
我突然想到了那一天
我戴着新眼镜，独自远行

· 编者赏读 ·

诗人吴伟华不是情诗王子徐志摩，他在表达爱情，哪怕是懵懂爱情的时候，都像个正在走向庄稼地的老汉，只看着脚下的小道和身上的工具，不关心"西天的云彩"和"河畔的金柳"。这首诗让我们相信了，一个少年对于爱情的那点懵懂心思，其实就是一种感觉：温暖。（本诗选自微信公众号"老乡味文学"，2016 年 6 月 17 日）

秋天，我在梅城

杨丽平

秋天，我在梅城
一个人

一个人走路
一个人望月
一个人默然
也一个人潸然

秋天，我在梅城
一个人
守着我俩的约定
仿如秋天，守着春光的宿命

·编者赏读· 　　此诗有白玉蟾"秋风起兮秋水寒，秋心悲兮秋
兴酸"的凄苦，也有杜甫"万里悲秋常作客，百年
多病独登台"的孤独，却没有古人的表达方式和技
法。现代诗喜欢平直的叙述，不刻意追求意境和渲
染，"仿如秋天，守着春光的宿命"，有这么一个像
样的比喻就够了。（本诗选自微信公众号"梅州文学
网"，2019年10月15日）

异乡的早晨

游子衿

酒店大堂的前台，突然传来一阵失声的拗哭
这哭声，来自一位上了年纪的女士。其时
她正在异乡，和同事们办理退房手续，手机里
传来了前夫去世的消息……这哭声
暴露在人世间，在突如其来的一刻，不可遏制
毫无保留。仿佛他就在她的眼前
生生咽下了最后一口气；仿佛他们从未分开
而在一起的时光是多么美好，在这个异乡的早晨
焕发出迷人的光彩……哭声止歇
她恢复了常态，带着悲伤的神情
处理下一步事务，带领我们
以及这个世界，又开始慢慢地向前走去

· 编者赏读 ·　　　游子衿先生直接表达爱情的诗不多，这首也不
是，但分明能够看到爱情的在场。游子衿先生直接
讲述故事的诗也不多，这首却是：一个异乡的早晨，
一位上了年纪的女士，在手机里得知自己的前夫离
世，而在同事们的面前失声痛哭。编者喜欢这个故
事。（本诗选自微信公众号"梅州文学网"，2019 年
6 月 13 日）

古

韵

爱过，是一道明媚的殇

李燕霞

折断折柳，叶脉轻盈霜满地
路途刻满笑颜如风
花飘过眼角驮不住离愁
水盈轻点下，润泽旧锁落叶尖声啼
云韵的鬓微霜叠南飞

·编者赏读·

这位"90后"诗人的笔名叫雪儿飘，自号易仙居士，释放着飘逸超然的气息，一如这首古韵诗风。这位出生于梅县区隆文镇的才女，似乎与家乡走出的大诗人蒲风（黄日华）有一脉相承之气，想象丰富，善营意象，追求独特。这首诗非常适合闭上眼睛去听，犹如古筝响于耳畔。（本诗选自微信公众号"梅州文学网"，2020年2月15日）

看雨

何宝荣

凉风抚
天外乌云密布
三两好友台前茶煮
隔壁阿婆收衣服
庭前小孩视若无睹

雨落三两滴
尘味染鼻
茶入嘴里
孩子不顾及
依旧庭前嬉戏

大雨倾盆
洗礼小城

台前相约望雨
听雨哗啦啦的交响曲
小孩归去
庭前小草尽显油绿

·编者赏读·　　徐志摩的新月诗派追求用白话文写出有古诗般音律感的现代诗，此诗亦然。诗行的排布有建筑美，简单而不呆板；一段一变化的韵脚有音乐美，顺畅而自然；而最美的是用汉字营造出的意境美，"小孩"是意境中最生动的线索，"台前茶煮"和"台前望雨"是意境中最浪漫的画面。（本诗选自微信公众号"归读书社"，2018年7月7日）

词牌

曾建新

唱了一曲声声慢
再唱一曲齐天乐
雨霖铃就下了起来
飘着漫天的欢喜

如果在如梦令里
站在水调歌头
洒下满江红
感叹浪淘沙
做个临江仙
经得住疏影暗香的诱惑

如果觉得清平乐
那就望一望鹧鸪天
看一看西江月
想一想蝶恋花
在玉楼春里踏莎行

如果再忆秦娥念奴娇
那就在沁园春里望江南吧
在风入松　柳梢青里歇息
在醉花阴处等候
定能邂逅虞美人

· 编者赏读 ·
　　古代词牌名多达千种，对应着不同格式的词，词牌名本身就包含着无限的美感和意境，比如常见的虞美人、采桑子、长相思、渔歌子、渔家傲、清平乐、雨霖铃、浣溪沙、醉花阴、水调歌头等。诗人巧借此特点，用现代语汇的形式对部分词牌名进行了串联，古韵暗生。
（本诗选自微信公众号"南粤诗苑"，2019 年 9 月 25 日）

把你宛在水中央

邓颂安

必须
怀一颗纯净的心
以西江的水濯足，净身
磨刀门里去腥
才能与你缓缓相近
听你带着千古警句
晴空朗月下，散发一阵香

在朗朗上口的旧词里，上岸，站稳
借一壶微醺的清茗，问心
尖尖角，蜻蜓恋
一池湖水里，前朝的密码纷飞
寂寞时，谁奏着独弦琴
让六月的莲守住身世
泣歌而至

该以何种姿势
与你共舞
溯水而上，把你宛在水中央
枕水而眠，把你宛在水中央
以水为命，把你宛在水中央
汉道纵横交错
只要一点红，就稳了船头
稳住一条江，一条河

若迎风，须昂首而立
在亭台前，借月色
叶为纸，香为墨，莲子为字
在长短光阴里
请划进水声的船篙

立一份，赎身的字据

一切妥当，月明如镜
听，五桂山下，金钟水库
蛙鸣如鼓
一声，连着一声

·编者赏读·　　　　诗人笔名客家游子。这是一首颇受古风影响的
现代诗，意境丰富深远，笔法生动细致。比如本诗
中三次吟咏的"把你宛在水中央"，就是标志着中国
古代诗歌开端的《诗经》中常用的"重章叠句"，
其效果是生动地表现了动作的进程和情感的细微变
化。（本诗选自微信公众号"老乡味文学"，2016 年
6 月 21 日）

如戏

姚依萌

你台上唱
你入了戏　成疯魔
你九曲回肠寸断
你身在其中
恩义难两全
你在亭中　把眼穿
你青衣染血　恨离别
台下人
多少旧颜新欢
谈笑无常
顺了　捧个钱场
不顺　道是茶三分凉
不由说
便顷刻　拆了台

·编者赏读·　　中国传统戏曲无疑是以古风古韵的审美形式呈现的，此诗配合了这个特点，在造句上尽可能简化，"你入了戏/成疯魔"，几个字便把一个人的全部精神状态呈现出来，用词也充满古意，"九曲回肠寸断""青衣染血""恨离别""旧颜新欢"等，一读心中便有了古戏台。（本诗选自《梅州日报》梅花版，2020年7月8日）

挽歌

欧育恒

吞一口烈酒，挑灯舞剑
挽不出，像花瓣雨般
飘洒自如的篇章

午夜，西风呜咽
号角悲凄连营
穿过深沉的夜，空洞的眼神
陷入死亡般的寂静，黯淡无光

卸下了盔甲的将军，握紧
手中不蘸墨的枯笔
斜睨秃鹰的冷笑，独自走向
曾经血流成河的沙场

以马为喻的梦想
铩羽无归，终于
殒命在，灵魂流浪的旅途上

· 编者赏读 ·　　　　诗人的笔名叫郁痕，是一个自由网络写手，少
年就痴迷古代诗词歌赋和武侠演义，因此写出《寒
刀行》《兵权乱》等网络武侠小说。这首诗似乎是
在用诗化的形式构思一个武侠英雄形象，镜头感十
足，可以连缀成一个流畅的画面，讲述一个悲剧故
事，发出英灵不死的哀叹。（本诗选自微信公众号
"梅州文学网"，2020 年 12 月 2 日）

旗袍

葛成石

云髻高挽
堆一个岁月沧桑的轮廓
珠坠叮当
洒一串百年冷艳的落寞

谁在斑驳的弄堂
谁在青石的古巷
谁借你袅袅娜娜的
身段作素

合合衬衬合合衬衬
描一幅山韵水墨

深院朱户
垂一挂翡翠装点的铜锁
素手纤纤
翻一页线装古书的油墨

圆在无棱的起伏
合处不见皱褶
谁将你珠圆玉润成
山迂谷回

熨熨帖帖熨熨帖帖
剪一段春光婆娑

油纸伞
掩映风韵不含不露
方手巾
轻摇记忆芳醇盈袖

镶嵌一条时光花边
扣起一枚不老情结
明明艳艳柔柔媚媚
庄庄楚楚庄庄楚楚
无意石榴红花妒

·编者赏读·　　　这是优秀小说作者葛成石先生写的一首歌词
（陈冠强作曲，谭俊芳演唱），足显其刻画人物、编
织画面、营造意境和遣词造句的能力。好的歌词就
是一首好的诗篇，此诗不仅着墨于旗袍之美，更写
出了"无意石榴红花妒"的性情，如南宋严羽《沧
浪诗话》中云："诗者，吟咏情性也。"（本诗选自
网络平台"5sing中国原创音乐基地"的"陈冠强
音乐空间"，2015年3月9日）

秋日山行　曾宪柱

秋日山行驻留
岚蒸雾绕云楼
赭墙黛瓦
古寺掩深幽
山涧潺潺溪流
山路繁花不败开枝头
南飞雁千般回眸
那山那水那风流
恍若桃源泛舟入梦幽
抛却了悲秋，消却了烦愁

·编者赏读·　　选择这首诗是向既写古体诗、近体诗，又涉猎现代诗的梅州诗人致敬！现代诗不会与历史诗词完全割裂，更因传统创作手法和特点的介入，变得味道十足。曾宪柱先生的这首诗，一韵到底，挣脱了律诗平仄和对仗的限制，但分明能够体味出平仄的抑扬感和对仗的细致。（本诗选自《梅州日报》梅花版，2020年11月6日）

怀

乡

望乡

罗建勋

儿时的故乡
总挂在袅袅的炊烟里
而后来
便藏在用泪水敲成的诗行

·编者赏读·　　　这是梅江区作家协会 2018 年微诗大赛获一等奖
的作品。诗中怀乡情绪浓烈，中原迁徙而来的经历
让怀乡情绪深植客家人骨髓，纠缠着客家文学。评
委吴伟华"关注属于作者个体的、真实的感受与呈
现"，评委唐梦喜欢"力量型的情感"，此诗意象虽
平，但都有了上述的要点。（本诗选自微信公众号
"归读书社"，2018 年 10 月 12 日）

乡愁

游子衿

清晨，我把四只新鲜的蕉柑
供奉在神像前，上香，跪拜
祈求神赐我
平安的一天。和无数众生一样
我每天都面临着各种危险
贫穷、疾病、担忧如影随形——
不过我早已习惯。如果神
不能赐我平安的一天
噩运已经降临，就请神
赐我晴好的天色，让我
和寡言的乡亲们站在一起
还有村口那棵老枫树……神啊
我的请求是不是有点多……
南无阿弥陀佛！

·编者赏读·　　读子衿的诗，很难觉察出在迎合哪个时代或哪
种口味，有时高远空旷得可以任想象去宰割，有时
现实拥挤得不留一点想象的余地。这首诗写得很现
实也很虔诚，以一个朝圣者的姿态面对故乡，请求
神"让我/和寡言的乡亲们站在一起/还有村口那棵
老枫树"，乡愁袭然而至。（本诗选自微信公众号
"新汉诗"，2018年10月2日）

越走越远

刘梅兰

我抛弃许多的黄昏，重新启航
又以野草的姿势，泊在岸边
在凡俗与忙碌中穿梭
记忆与老屋皆年久失修
春日里，牛背上牧笛的少年
一如回家的路，越走越远
如今，只有村庄
帮我照看年迈的父母
奢望，一些细碎的温暖，如月
挂在窗前

· 编者赏读 ·　此诗有马致远"夕阳西下，断肠人在天涯"的漂泊感，有崔颢"昔人已乘黄鹤去，此地空余黄鹤楼"的苍凉感，也有李商隐"直道相思了无益，未妨惆怅是清狂"的痴情感。三种情感搅拌在一起，却生发出一种温暖感，这是三首古代经典怀乡诗作中没有传递出来的。（本诗选自《南方日报》，2020年9月25日）

思念那棵枣树

罗金良

很久没有回去看那棵枣树了
以至于记不得她俊俏的模样
也许　只有更深更痛楚的思念
才能慰藉那个按着胸口的手

无法入睡的晚上
颠来倒去的梦
我已不知道具体要思念什么
枣树还是那个背景那个笑脸

就是那种最普通的触景生怀
突然从脑海中蹦出来的旧日情节
都会像微醉般颤抖
枣树上的蝉声已渐变为耳鸣

心底里的美丽家乡
屋前有两棵树
一棵是枣树另一棵不是枣树
而自己已无法分辨是枣花还是思念

·编者赏读·

树木与月亮一样，是怀乡题材诗歌中最常见的具象，被诗人当作故乡的永恒象征。"屋前有两棵树/一棵是枣树另一棵不是枣树"，大概是中文系出身的诗人借用鲁迅先生的散文《秋夜》中"两株枣树"的典故，表达与鲁迅先生"无聊与无奈"不一样的心情吧。（本诗选自微信公众号"罗氏金玉良言"，2017 年 3 月 28 日）

地图

周华襄

事物对折对折再对折，尘世之爱一再缩小
依次是深蓝、浅蓝
黄绿、浅黄、浅棕、深棕和褐色
迷路时，它指向唯一的点
故乡的院子，院子里的柚子树
柚子树上的风尚被简化了
取消了清晨的鸣叫
省略了星辰，云朵，雨水
交错的河网里，看不到鱼儿赖以生存的
场所：冬天到了，集益湖
长满水浮莲。更多的鱼，潜游着，不为人知

· 编者赏读 ·

地图是"事物对折对折再对折"的物理结果，就像"尘世之爱一再缩小"。诗人畅达细微的想象力犹如鼠标上的滑轮，滚动滚动再滚动，直到出现柚子树，出现故乡的鸣叫、星辰、云朵、雨水和集益湖下不为人知的鱼才作罢。（本诗选自"掌上梅州"网站，由中国客家文学院于 2017 年 10 月 11 日发布）

古屋抒怀

张伟彬

思念在乡间游走，穿过那片杂乱竹林
记忆还是那么绿，绿无缝接驳旧堂光阴
老屋尘封的爱，已碎成满地乡愁
燕子如期归来，衔一帘斑驳梦

门前风脱一半的对联，悬挂灰白喜事
字里行间，平仄着爸爸从前书写对联的从容
土墙上的涂鸦，诉说着另一个淘气的闰土
奶奶从前房间，已倒塌了大半
时光没法修补，半漏阳光足以端详她慈祥面容
那是我记忆中最黑的老屋
奶奶常年咳嗽，咳得上面的长寿板油光发亮
咳得我们童年躲进迷宫

· 编者赏读 ·

诗人是工作在深圳的客家人，诗中怀乡情绪浓烈而具体。这首怀乡诗的语言非常生动，"思念"可以"游走"，"记忆"可以是"绿"的，"燕子"可以衔起"一帘斑驳梦"。而在形象上，无论是父亲的从容、孩子的淘气、奶奶的慈祥还是老屋的黑暗，也都写得生动无比。（本诗选自微信公众号"厚街作协"，2018年2月6日）

故乡茶

陈剑文

喝故乡茶
不用瓷壶、紫砂壶
选择一只透明的玻璃杯
将一小撮茶粒
轻轻地放进去
倒入滚烫的清冽的水
看它们上下翻飞
逐渐苏醒的样子
那属于茶叶最嫩的尖端
脆薄通透却锋利得像思乡的情感
经错落有致的脉络
抵达人心最柔软的部位
叫人有一种呼不出的痛

喝故乡茶
有如浪迹天涯踏遍千山后
又一次饥渴的期待
无须故作斯文地吹开
漂浮在嘴边的叶子
就这样大口吞下
任茶水荡气回肠
让茶叶细嚼慢咽

喝故乡茶
哪怕一次次添加白开水
也冲不淡土生土长的味道
忘不掉的故乡事
还不清的故乡情
看不够的故乡云
等不到的故乡人

就在唇齿间来轻轻滤过

故乡茶
不倒渣

·编者赏读· 诗人是在珠海工作的客家人，思乡的依托物是茶。他首先把滚水中茶叶的形态和姿态与思乡的情绪巧妙地结合在了一起，"脆薄通透却锋利得像思乡的情感"，接着又把喝茶的感觉和思乡的感觉完美地融合在了一起，"喝故乡茶/有如浪迹天涯踏遍千山后/又一次饥渴的期待"。（本诗选自微信公众号"厚街作协"，2018年3月19日）

我只是看见了远方

陈培锋

一直无法描述那片海
当朋友们问起我的故乡
我只是想起了
长长的海岸，想起
无尽的落日，想起
一场还未开始的远行
一串淹没于时间的脚印
就像那只无法飞越重洋的海鸟
我也只是看见了远方

· 编者赏读 ·

作者是新客家人，中国客家文学院签约作家，广东省湛江市徐闻县人。大概是熟悉的地方没有风景，诗人在回忆故乡的那片海时，脑海里并没有形成诗意的大海，而是简化为一些显而易见的象征符号：海岸、落日、脚印和海鸟。可诗意就在其间——属于陈培锋先生的"诗与远方"。（本诗选自微信公众号"火车兄弟"，2018 年 11 月 22 日）

记事

龙列岳

哥们刚回来，又说要走
整个下午我们没说出什么
我知道他会放下：比如荣誉，比如女人
离开一个地点
像撩起青春的裙摆，轻轻穿过荆棘林

直到夜晚，直到月色美好
空啤酒瓶毫无预兆地被移出了屋子
这里需要保持温暖以及平常的味道
两只橙子悲剧地留在诗集旁边
一场生活突然就被打住了

怀念也许会如拂晓前那阵落花
一直飘到地面，脚站立的地方

· 编者赏读 ·　　　作者是新客家人，曾任《青年作家》主编，广
东省高州市人。这不是一首一目了然的怀乡诗，但
记事中，可以感知到诗人离乡时的状态，"离开一个
地点/像撩起青春的裙摆，轻轻穿过荆棘林"，也可
以感知到离乡时的情绪，"怀念也许会如拂晓前那阵
落花"。怀念一个人，是因为他带走了一个家乡。
（本诗选自微信公众号"梅州文学网"，2020 年 3 月
23 日）

芨芨草

宁远喜

独行的骆驼
载着将落的红日
摆渡在烟烟沙海
狼烟如柱
撑起失传的故事
古典而悲壮的曲调
和着风在骷髅里回响

这样的氛围
诗人
泛滥着
情感的流云
只有爬行于沙丘的
芨芨草
探出不屈的头
默默寻找
风沙侵袭的梦

· 编者赏读 ·　　　诗人是新客家人，宝丽华和客商银行的掌门人，
陕西省商洛市人。其简历中"宝鸡文理学院火鸟诗
社社长"的称号让商人形象陡增理想主义的光辉。
此诗画面感极强，一幅是沙漠中的骆驼，远景；一
幅是沙丘上的芨芨草，近景，由远及近的诉说中怎
能不飘荡着面向大西北的乡愁？（本诗选自中岛主编
的《诗参考》30 年纪念专号，2019 年 6 月）

家常

夏日午后

郑坤杰

你在安睡。铃铛和小布熊
散落一地，会叫唤的小奶牛
躲在桌子底下
我用脚尖碰它
它发出一声笨拙的声响

这是不是我曾经允诺的
幸福生活？这个时代
物价飞涨，房价高企
我们一家三口，租住一间小套房
靠一份菲薄的工资度日

泡一壶茶的间隙
我写了一首诗
不时到卧室门口张望，怕你
突然醒来，大声哭喊

这是一个普通的
夏日午后。我盘算着
给你乡下的爷爷奶奶打个电话
报个平安

・编者赏读・　　从一个家常的场景切入，陈述抑或控诉着一个略显"窘迫"的现实，但诗歌重回生活现场——泡茶、写诗、张望、打电话，并没有发牢骚。这首诗的魅力在于，在简括的叙事中告诉读者，生活如此家常。诗人笔名陈晚，热爱诗歌，在"泡一壶茶的间隙"，也能写一首诗。（本诗选自微信公众号"梅州文学网"，2019 年 11 月 12 日）

无从追问

吴伟华

村人多是笑脸盈盈：你又回来了啊
银水塘空无一人
荒草重又遮了我与众多亲人相遇的路
别人家的果园早已荒废
或种上其他作物
寂静中，游弋的水鸭突然惊飞
嘶哑的呼叫牵着天空
忽左忽右摇晃
女儿总问我，为什么喜欢回到这里
度过一个又一个无所事事的下午
我常常无言以对
不远处的松树林，先是葬下爷爷
再是奶奶，后来是父亲
这片土地一定是温暖的
因为也埋着我的体温和牵挂
所以，我轻抚女儿的头发，告诉她
这是爷爷留下的唯一的果园

·编者赏读·

"你又回来了啊"，多么家常的问候。读伟华的诗就有这种感觉，家常的场景，家常的语言，家常的意象组合，放在一起却能调和出不同寻常的味道，这大概是他的诗能在更广泛的意义上被喜欢的原因。此诗编者反复遇到，反复喜欢，皆因一个家常的动作——"我轻抚女儿的头发"。（本诗选自"中国诗歌网"，2017年3月25日）

酒徒

陈苑辉

你倒满每一次的空杯
我负责引出话题
而城市，提供一片昏暗的角落

今晚，我们不谈案头
不谈光脚跑开的那个孩子
也不谈乡下的双亲以及那条黄狗、溪流
那我们谈什么呢？调整一下呼吸
谈一谈烤鱼的斑斓，谈一谈掀弄薄膜的风
夜里行进的脚步，又或者
谈一谈穿着暴露在初冬里走过的
徘徊的女子

空瓶越来越多，话渐渐减少
偶尔传来的气刹声，像个突兀节拍
插入了酒精发酵后的低音区

最后，我看着你
不说一句话。你也从头至脚打量我
仿佛要看穿我
如何隐藏青春的最后一节尾巴

· 编者赏读 ·

看似平常的街边夜酌，看似在写"酒徒"，却清醒地撕开了一个关于青春的定律——正当青春时，我们喜欢谈论和自己有关的一切，包括工作（案头）、美好（那个孩子）和家乡（双亲、黄狗、溪流），可当我们开始回避自己、顾左右而言他的时候，意味着青春正在离开。（本诗选自微信公众号"厚街作协"，2016年7月8日）

母亲看海图

赖超

在沿海城市读书的儿子
寄回一张相片：
母亲挽着裤腿站在大海边
对着镜头羞涩地傻笑
这是她第一次看到大海的景象
母亲拿着照片的手微微颤抖：
自己何时去看过海了？
面对贫瘠的大山
这是她隐藏一生的秘密
照片上的自己真的站在海边
像鸡爪似的两只脚
直直地插在海水里
母亲很疑惑
两天后儿子在电话那头
说出了真相：
这是他用电脑 PS 技术做的仿真图
母亲在电话里流泪了：
"儿子，我等着这一天！"

·编者赏读·

亲情是诗歌中最为家常的题材，而梅州客家诗人似乎更擅长驾驭这种题材，言语朴素却感人至深。赖超先生（笔名朝歌，又名厚街朝歌）这首写于2011 年 8 月的诗，表面上道出母亲"想要看海"的秘密，诗行中却隐藏着他内心的一个秘密——歉疚与补偿。（本诗选自罗青山主编的《客都客家文学选粹·诗歌卷》，2014 年版）

是我，把父亲雕刻成木雕

黄锡锋

记忆中，我
转到一所品牌学校
刻下了父亲一道深深的皱纹

考上大学
四年的学费和生活费，又
刻下了父亲一道深深的皱纹

后来工作
必须用车，车贷，又刻下
父亲深深的一道皱纹

再后来，我的房贷
又刻下了父亲深深的一道皱纹

如今，我还没有结婚生子呢
父亲，仿佛已被我雕刻成
一块沉默寡言的木雕

·编者赏读·　　　前四段的铺叙比较平常，因为有了"刻下"一词而稍显诗意。所有看似平常的铺叙其实都是为了积累情感的能量，当一道道皱纹汇聚到最后一段时，能量爆发了，亲情题材诗歌最强调的情感形象喷涌而出，父亲已然成为"一块沉默寡言的木雕"，那么悲伤，又那么壮烈。（本诗选自微信公众号"中诗微刊"，2019 年 3 月 18 日）

开始的形式

涂永平

现在，雨水已经落在大地上
你不用再担心水珠
悬浮在天空中
是否会越积越多
让云朵承受不起

现在，蜻蜓已经立在荷花上
你不用再担心美丽
开放在大地上
是否会越开越少
让善良承受不起

现在，太阳已经照在水稻上
你也不用再担心花粉
遗落在夜晚里
是否会越落越多
让梦想承受不起

现在，人们已经结伴
走在大街上
你不用再担心
昨天无人行走的街道
会再次呈现
有时，结束是为了更好地开始

· 编者赏读 ·　　　万事万物开始的形式是什么？诗人借用四个平常的
场景（雨水落在大地上、蜻蜓立在荷花上、太阳照在水稻上、人们结伴走在大街上），做了哲学式的辩证思考：
开始的形式源于刚刚结束的那个时刻。所以，"有时，
结束是为了更好地开始"。（本诗选自曾志雄、余开明、
涂永平所著的《三人诗选》，2019 年版）

林耀东

发现

远远望去，仿佛一群宿命的点

清晨，小鸟落在我的阳台上

它们感知着夏日清凉

随口哼唱几句山歌

过不了多久，蝉音热烈起来

觉出幸福的人渐渐变多，脚步变慢

这些平常景象我曾羞于启齿

如今换了一副眼神

微笑中有更多的细节和快感

让我爱不释手

·编者赏读·　　清晨的平常景象因为平常而被忽视，也因为平常而不能成为谈资，接着诗人（笔名东水楼）"换了一副眼神"告诉读者，幸福感就生发于这平常之中。优秀的诗人善于在平常中"发现"，无须像社会新闻记者那样费心搜集不寻常的讯息。小鸟"随口哼唱几句山歌"，灵巧生动。（本诗选自微信公众号"终南文字客"，2017 年 4 月 11 日）

文字是我最爱的亲人

邓颂安

我把键盘当作农具的时候
就有一块农田
我在农田辛勤工作的时候
许多文字
成为我最爱的亲人

经常，把许多句子
在正义的天平上称一称
有洁癖，撩开一些修饰词
剔除杂质
是一种习惯，更是一种道义和责任

文字，成为花开的时候
我常常躲在一角
爱着一粒小砂石
键盘，成为河水的故人
有缕缕轻音飘过的时候
我潜伏在五线谱的空拍里
为露珠守一段留白

认定自己一辈子
就是闲不住的庄稼人
每一次敲打键盘
就感觉
田里有很多庄稼，笑得很得意

· 编者赏读 ·　　　这首诗抒发的是诗人与文字之间的感情，写出了热
爱文字之人共有的一个态度——把文字当成亲人。诗歌

读起来很朴实，很亲切，又很家常，因此就显得很特别，主要源于诗歌首段"农具"和"农田"的比喻，以及尾段"认定自己一辈子/就是闲不住的庄稼人"的比喻。（本诗选自微信公众号"作家平台"，2016年5月2日）

绿皮火车

陈广城

绿皮火车奔跑在我年少轻狂的梦里
多年以前，我是那么年轻
手里攥着一张地图就像攥着整个世界
把自己塞进车厢的某个角落
远方从铁轨蔓延开来
像女人一样让人神往
绿皮火车在大地上蠕动
绿皮火车在我的内心驰骋
出发与抵达之间
捎带我许多不安分的想法
青春如此茂盛，远方总是在远方

现在，我要再次说到绿皮火车
说起我错过的一列绿皮火车
最后的，来不及告别的站台
多年以前，我比你想象的更加年轻
绿皮火车在我的困顿中停下来
青春呼啸而过
世界慢慢辽阔起来

· 编者赏读 ·

诗人（笔名边城）撷取了一个能够引发想象和富含寓意的意象"绿皮火车"，把所有的念想和诗意都装了进去，所以从头读到尾，耳边都会有令人心跳的汽笛声时隐时现。而好诗的特点是有一个让眼神驻留回味的句子，"青春如此茂盛，远方总是在远方"即是。（本诗选自微信公众号"五华生活网"，2015 年 5 月 4 日）

亲密关系

游子衿

中国南方炽热的阳光
让我和当地的植物
打成了一片，有时候我是野蓟
有时候野蓟是我；有时候我是一棵香椿
有时候我是它的影子……
所有的蔬菜、藤蔓、它们身上的露珠
都跨进过我的门槛。我去世多年的父亲
现在是屋后的茶花；我朴直的前妻
现在是门前的桂花，都在冬天开着
那些发生在雨天的往事，已经在地下深埋
它们是种子，也将发芽，在阳光中探出头来
向我问好，并表达歉意

· 编者赏读 ·　　　　这首诗表达了两种亲密关系：人与自然、人与
人。子衿先生在表达家常情感关系时更关注"人的
主题"，所以最后打动我们的亲密关系，是屋后茶花
般的父亲和门前桂花般的前妻。结尾这种婉转隐约
的语义转折所带来的美感和情绪递进，可看作子衿
先生诗作的特点之一。（本诗选自微信公众号"诗同
仁"，2019年2月21日）

校

园

风是个牛仔

曾可欣

风是个牛仔
常常骑在马背上
每当马儿独自奔跑时
将绳儿摇摆
风就在它的背上奔驰

·编者赏读·　　　"10后"小学生有风一样不受拘束的想象力，
这个年龄还没有对生活产生沉重的认识，所以诗中
并没有体现出所谓的意义。风就是个牛仔，风也可
以是想象中的任何事物，小诗人把风定义为牛仔的
用意是明显的，她希望自己的梦中出现骑着骏马奔
驰的神气牛仔。（本诗选自微信公众号"唐小诗童诗
社"，2019年5月30日）

睡不着

龚怡静

我盯着头顶的蚊帐
想着明天的月考
我睡不着
我以为天已经亮了
去到窗边看了一眼才发现
我醒了，可时间还睡着

· 编者赏读 ·

"少年心事当拏云，谁念幽寒坐呜呃"，唐代李贺诗中说到的"少年心事"高远复杂，而这里少年诗人在诗中表达的只是一个"小心思"，但也正是这种表达，才使得诗歌读起来那么真实有趣，尤其尾句"我醒了，可时间还睡着"，更显少年的纯真。（本诗选自《梅州日报》，2020年10月14日，罗文香老师指导）

秋

丘宇丰

云卧在山上
我躺在树下
稻香撞进风的怀抱
我想
是秋了

·编者赏读·

"云"和"我"在少年诗人的眼中有着诗意的
关联，她在"山上"，我在"树下"，相互望着，悠
然自得。少年的联想是不需要逻辑的，因此有了纵
横恣意的诗情画意。接着"稻香"和"风"又产生
了诗意的关联，少年诗人"是秋了"的判断就显得
老成了。（本诗选自《梅州日报》，2020 年 10 月 14
日，罗文香老师指导）

今天我把耳朵借出去了

陈楚娴

今天我把耳朵借出去了
我听见一对散步的男女
羞答答地在谈论天气和经历
其实他们想说的是
我可能爱上了你

我听见两个遛狗的老人
吹捧着远方的城市和儿女
其实他们想说的是
我真的很孤寂

我听见两个梦想青年
激昂地谈论远方和诗
其实他们想说的是
不知道能否交得起下个月的房租

我听见丈夫对病榻上的妻子说道
没关系，一切都会好
其实他想说的是
现在真的很糟糕

我听见一个小孩说
等起风了，我们一起去放风筝
其实她想说的是
等起风了，我们一起去放风筝

· 编者赏读 ·　　内心单纯美好，思想复杂深邃，是这位嘉应学院文
学院 2015 级大学生身上蕴含的重要特质，在考上了一所

师范大学的硕士研究生后，她继续过着钟情的校园生活。这首诗结尾两个相同的回答"等起风了，我们一起去放风筝"，指向的就是单纯美好。（本诗选自嘉应学院文学院写作课程诗歌创作单元作业）

得失

牛旭鸽

背着镰刀的诗人
从麦地走过
不收获一粒麦穗
不放下一丝敬畏

手提利斧的浪子
从泥田匍匐而过
埋下平整的头骨
带走满身的肮脏

圣洁的诗人和污秽的浪子
在逼仄的深海相遇
碰撞　撕扯
交换不了宿命的利刃

晕倒的诗人
逃窜的浪子
到底该谁
结束这命运的玩弄

· 编者赏读 ·　　　　牛同学也如愿以偿地考上了硕士研究生，这首诗是向诗人海子致敬的诗。海子是"麦地诗人"，因此首句说他是"背着镰刀的诗人"。"不收获一粒麦穗/不放下一丝敬畏"体现了诗人的概括力，结尾体现的是洞察力，海子孤独的行程注定走不太远。（本诗选自微信公众号"周溪文学社"，2015 年 8 月 17 日）

南方小说家

刘锦松

1979 年，雨季
与干涸僵持了二十年
亚热带地区的人
不会眩晕但有微醺体质
行走在迷雾中——
呼吸挤压红色的肌肤

怠惰的房间
顽固的口音
（是的，除了口音
什么都留守在南方）
他思考的方式像回忆
时常被遗忘的疏漏击中心脏
如果今夜寂静
（适合做梦或者死亡）
就会摄入很多水
希冀沉入梦境——
却被失眠打捞

当太阳逃跑
（依旧惧怕阴影）
躲进背风的地方
和沉默交流
关于遗忘的手法

·编者赏读·　　他应该是嘉应学院文学院 2018 级读书最"偏门"
的学生了，比如罗兰·巴特、米歇尔·福柯、亨利·柏格森等。所以常人很难猜出诗中的故事背景和相关典故，只有在字里行间咀嚼出反常态的诉说风格，体悟出一种说不清楚的深奥感和精妙感。（本诗选自嘉应学院文学院写作课程诗歌创作单元作业）

等

黄禹铭

天地不开，人容易变得敏感
我斟酌的每个措辞都添予相应语气和表情

空气潮湿，道路拥挤。此刻谎言沾染水汽
模糊之中只有你愈发真实

如同画布上的太阳
我想看清你眼角初升的秘密

等不来车。急转弯便围困一股气旋向上
人群像发了疯的水聚集又散开

夏天要到了，适合时宜，我们会写起雨
写起风和一切从你身旁经过的风景

未说完的话我留在左手边
花就开在树的另一边

· 编者赏读 ·

　　诗人笔名小黄鱼，梅州人，这是他就读于广东医科大学时写下的一首诗。读罢此诗，无端就能想起塞缪尔·贝克特的两幕悲喜剧《等待戈多》。诗中没有连贯的故事情节，"你"存在，却丝毫没有来到"我"身边的迹象，周遭的环境和季节很美，但更加衬托出等待的荒诞了。（本诗选自《客家诗人》2018年卷入选作品）

苏威

假如我是一只猫

柔软的掌
蹭一下坚硬的灰墙
我会踏上云朵
在绿细绒似的苔
轻盈地踩下
走在安静的青黛瓦片上
一歪头就发现天空
变矮了一截
屋檐上的地盘
爬山虎已捷足先登
风会吹动绿色的海洋
我还要撞进绿浪里
攀向远处的阁楼
或许还能遇见
同样想晒太阳的猫

·编者赏读·　这是嘉应学院计算机学院2018级学生写出的一首感触极其细腻的诗作。诗中"柔软的掌""坚硬的灰墙""绿细绒似的苔""安静的青黛瓦片""绿色的海洋"等描绘，以及蹭、踏、踩、走、登、撞、攀等动词的使用，足见诗人驾驭文字的能力。（本诗选自《百花洲》2019年12月，总第49期）

鱼儿在小河踱步

施保国

鱼儿在小河踱步思考前程
水无语，不去设置障碍
也不作出　利于冲出重围的提醒

鱼儿在思考
究竟是什么样的姿势
才能让游动的快乐　传递出很远
像涟漪的散开　无边无际

鱼儿的飞行
在水域的天空　格外耀眼
与庄子的询问不谋而合
鱼儿相邀同游
翻开新篇　垂钓的人儿
被水的深意　排遣了一生的孤独

鱼儿在门庭踱步
双手背后的样子　如背上的鱼鳍
左右分开时光
聚焦方向盘的俯冲
闭上眼睛
在狭窄的隧道里
抓住了汪洋的广阔

·编者赏读·　　　施保国博士在梅州工作了十余年，酷爱老子和庄子的思想，也热爱诗歌创作。此诗从"鱼"的视角出发，在形象生动地表现踱步思考状态的同时，提出了一个溢满诗意的问题——"究竟是什么样的姿势/才能让游动的快乐/传递出很远"，延展了庄子"鱼之乐"的哲学思考。（本诗选自微信公众号"湛江诗群"，2021 年 1 月 1 日）

致一个高贵的灵魂

陈红旗

在一片敲磬的乐声中，
您的灵魂是那么轻盈，
她越过九重阻隔飞往天际，
只留下孤寂的我们默默愁哀。

看着您终于远离命运的暗影，
您已不朽，我们则依然坠落，
曾寄望与您的生命之链重接，
也愿继续跪拜，再承您的恩情。

但我们知道，这愿望太过奢侈，
您的灵魂闪耀着智慧之光，
早已重生在另一片乐土，
只会偶尔闪回子孙的残梦。

奇迹降临，您的灵魂犹如小鸟，
终会在某个清晨飞来为夏花鸣叫，
劲力冲破这幽闭心门与滚滚红尘，
姣引我们重回梵天的星辰大海。

· 编者赏读 ·

陈红旗博士在梅州工作 20 年，学术成果颇丰，逻辑思维随学术研究的不断深入得到一步步的强化。他写出的学院派诗歌自成风格，文思连贯，语句间逻辑关联度高，文意理性，内容务实，意境大气深沉。这首写给母亲的悼亡诗，沉重中充满颂扬母爱光芒的喜乐。（本诗选自冉正宝微信视频平台，创作于 2019 年，视频发布于 2021 年 3 月 1 日）

才华

张忠标

忠告

千万别逼。把一条河逼急了
它会口吐泡沫，咆哮
稍不注意，就拐个弯，跳落悬崖

把一条狗逼急了
会挣脱铁链，咬人，跳墙，绝食
半个月不回

被继父逼急的小红，年方十六
群山拦她不住
径直流向了深圳的一家洗脚房

·编者赏读·　　写作是需要才华的，写诗尤甚。这首诗中所蕴含的起承转合，戏剧般地从严肃廷宕到诙谐，诙谐中又暗露悲剧的尾巴。才华横溢的诗人不需要理性的构思，缪斯女神的纤纤细手触碰过他们的笔，给予了他们那个称作"才华"的天分，人世间才有了如此摇曳多姿的诗行。（本诗选自微信公众号"千家诗"，2020年1月17日）

柚子

周华裹

再刮一次风就够了
六月之后，它关掉窗外的云朵
把柔软
还给蝴蝶
让蜜蜂去别处采摘
是的，它曾欲放或微开，色泽洁白
它曾在光亮中鸣叫
与那些美好的事物没什么不同
现在，它回到暗处
摸索
当你剖开它
它就不再害怕黑星病
红锈蜘蛛
你看到它是甜的
脆嫩
娇艳欲滴
之前它用粗糙的身体将你拒之门外
现在，它虚构了一个核

·编者赏读·

才华有时以汪洋恣肆的大手笔呈现，而往往又以涓涓细流的微妙方式流露。华裹的诗似乎可以微妙到人类感知觉的极限，令人面对他的诗行时大气不敢出，生怕吹散了缠绵其中的美妙感觉。柚子是梅州地区常见的一种果实，诗人华裹只点笔两三个细微处，便把它的成长过程形象地刻画出来。（本诗选自微信公众号"海峡诗人"，2014年8月9日）

致桃生

李龙华

夜莺衔来一枚新月安放
在桃树枝头。你在树下唱歌
鹅黄色的歌声托着长发飘起
像小狐仙，有初化人形的懵懂与羞涩
一只小鹿走出树林，来到溪边喝水
鹿角短短。风起处，一截枯枝跌落下来
仿佛古老的簪子，挂在鹿角间
摇晃着，这段黑色的易碎的时光
这无处躲藏的鸟鸣

·编者赏读·　　唯美的画面，仙灵的意境，把什么是诗人的构图能力诠释得淋漓尽致。"夜莺""新月""桃树枝头"组合起来就是一幅静谧的风景画，"风""枯枝""簪子""鹿角"组合，画面中似有悲剧上演。站在饱含情感元素的画面前，桃生是人是仙、是生是死，全然不重要了。（本诗选自微信公众号"诗传播"，2019年8月4日）

病

郑飞龙

我相信有一种病已潜伏下来
它墨绿的眼睛不停地
吞噬着我积存多年的勇气

它令我不安、恐惧、怀疑
和黄昏的芦苇一样疲倦

我闻到了死亡的气息
窒息、失语、惊恐、手足无措
它的暗示提前抵达

我需要她的出现
她是我的白色药片
倘若她的小手
抚过我的额际，我必将镇定

·编者赏读·　　　心理疾病是现代社会人的通病，诗人用一种近乎病态的感受力，去感知和发现那双令人不安、恐惧和怀疑的"墨绿的眼睛"，用一种细腻黯然的表现力，去描绘和展现"和黄昏的芦苇一样疲倦"的心理病态。感受力和表现力是诗人的一双翅膀，力度有多大，诗歌就能飞多远。（本诗选自微信公众号"知情者"，2015年9月5日）

吴伟华

清洗翅膀的人

春天来了。山中草木披头散发
开花的树，把人间所有芳香
又重新爱了一遍
这些天，我爱读老树的画
观天象，识虫鸣
却不得要领
神秘的事物依旧神秘
有时，我会在人群中突然停下
找到戴帽子的人结伴同行
春风并非穷途末路
我曾见过河边清洗翅膀的人
流水寒凉
一群鸟靠近他，又转身离开

· 编者赏读 ·

这是诗人吴伟华颇具想象力的佳作。"山中草木"有了人的形态——"披头散发"；"开花的树"有了人的情感——"把人间所有芳香／又重新爱了一遍"；而"河边清洗翅膀的人"，给了读者最具关联性的想象空间，把现实中鸟儿在清洗翅膀时的美感甚至孤独感，赋予了生活场景中的人。（本诗选自微信公众号"一线作家"，2016 年 9 月 16 日）

罗琼

假装像一枚果子在秋天成熟

没人记得，
那一棵桦树，脱下的是第几层枯皮
伤口洁白，鲜嫩，蚂蚁在觅食

那么多文字铺成栈道，唯独缺少一个词
我旷日持久地迷惘
通往你的路口十字交错，野草丛生

是季节了，你的庄园硕果累累
葡萄酒已经入窖
我行走如风，不能爱你
也假装像一枚果子，在秋天成熟

·编者赏读·

谜一样的诗，散发着迷人的味道。那棵白桦树是谁？唯独缺少的那个词是什么？十字路口为何野草丛生？为什么不能爱你？又为什么要假装像一枚果子一样在秋天成熟？一如象征诗派代表人物李金发崇尚的"诗必有谜"，谜面是外部世界，谜底则要从心灵世界去寻找。（本诗选自微信公众号"女诗人"，2016年9月20日）

才 华

林耀东

为一顿饭唱首歌

为一顿饭唱首歌
你说，米饭们会不会
争先恐后，来听

学谁的唱腔和火候
可以唱响
米粒和水的爱情

躺在锅里的爱情有没有真心
羡慕碗里
诸如此类

旁观者的筷子总喜欢点头
把不着调的问号改写成
更不着调的叹号

· 编者赏读 ·　　　民以食为天，因此"为一顿饭唱首歌"也就是
天经地义的事情了。看似大众的选题和立意，却不
是大众能够驾驭的，因此会被敏感而多思的优秀诗
人捕捉到，直到把这顿饭写得如此生动和有趣：哈
哈，米粒和水的爱情；哈哈，旁观者的筷子总喜欢
点头。（本诗选自微信公众号"粤东诗歌发展促进中
心"的《粤东诗歌光年2017》，2018年11月25日）

我坐在补鞋匠对面

曾志雄

我坐在补鞋匠对面
他为我擦皮鞋

他的脸很黑
头发和胡子却有点花白

他操着外地口音
他来自我曾经生活过的乡村

他在节日里
喋喋不休地诉说孤独和寂寞

我没有回应
甚至没有认真听他说话

回家的路上，我内心有点不安
我和好些人都忘记了倾听

· 编者赏读 ·　　　用诗歌的形式叙写了生活中的一件小事，落笔处不在于事情的过程和细节，而在于捕捉那些不易察觉、稍纵即逝的细腻感受。这是一种不寻常的主观能力，优秀的诗人具备的一种直觉能力，丰富了"才华"的内涵，也能从侧面证明，诗人是一个知觉发达、宅心仁厚的群体。（本诗选自《南方日报》，2019 年 9 月 30 日）

父亲的药方

赖超

人中白 25 克
槐花 25 克
玉竹 25 克
沙参 25 克
煲水煎服
外加一两白酒
趁热喝下
裹一床棉被
出一身大汗
好了

父亲在电话里急切地说。
每当季节交替之时，我易受风寒侵入
四肢无力，浑身酸痛
一年至少有两次
我需要喝下这碗父亲的秘方
它的味道异常难闻，像陈年的尿臊味
但每次喝下效果立竿见影

一年也只有这两次
我才想起父亲的重要来

· 编者赏读 ·　　　这是一首颇具辨识度的诗，除了"中药＋白
酒＋棉被＋父爱"的奇妙药方，让诗歌的铺垫和拓
展呈现新意之外，还有诗人诚恳平实的语气和实话
实说的一贯风格，让诗歌语言有了个性化表达的倾
向。没有辨识度的诗歌就像整形后的脸，虽艳丽多
彩，但大多雷同。（本诗选自微信公众号"厚街作
协"，2020 年 4 月 11 日）

鸟
鸣

林
尚
人

清晨六点不到
窗外鸟鸣阵阵

好多种
有高昂，有低沉
有激荡更有温柔
还有窃窃私语

我都欢喜
都接纳
我知道
鸟鸣天性不带刀
没伤害

·编者赏读·　　　这首诗体现的是"功夫在诗尾"。前两段在遣词、描述和立意上一点都不出奇，甚至有点简单和随意，可结尾两句却是"带刀"的，穿透力极强，把鸟鸣带给人的喜悦感刻画得入木三分。像聪明的运动员一样，成熟的诗人知道该在哪里放松，该在哪里用力。（本诗选自林尚人所著的《月光森林》，2020 年版）

明亮的世界

游子衿

十一点以后的大街
已经阒寂无人。白天的太阳
曾炙烤密集的人流
留下一层淡淡的血腥。这气味
将被风吹散，世界将明亮起来
你已在一片叶子上看到时间的终点
此刻，这片叶子正在莫名的光中
跳舞

与之呼应的仍是
个人的命运，躲藏在一串慌乱的脚步中
匆忙远去。此刻，谁将为更加明亮的世界
走上街头，拨弄着手机，一会儿接个电话
一会儿玩玩微信，感受并分析——

这个人没有出现，他已经被时尚和困倦
所杀害。十一点以后的大街
阒寂无人。头顶没有星星
暗处没有老虎的跳跃。风渐渐形成
不知道是什么赋予它力量

· 编者赏读 ·

　　"你已在一片叶子上看到时间的终点"，子衿笔下不乏如此不露声色的妙句，不乏"头顶没有星星/暗处没有老虎的跳跃"的奇妙意象关联，也不乏"风渐渐形成/不知道是什么赋予它力量"这般出乎意料的问话。诸种"不乏"，使得他的诗与他人的诗始终保持一定的距离，既是想象的距离，也是风格的距离。（本诗选自微信公众号"梅州文学网"，2019年7月29日）

133

那条鱼有钓人的想法

黄焕新

整个上午和下午的上半段
那条鱼一直在那个湖的水中游荡
它多次看见从岸边横下来的多支钓竿
以及结在线上的那些钓饵
它知道钓饵包裹着的是什么
就不打算再上当了

它游着荡着，突发奇想
很想也来钓一次岸上那些钓自己的人
又想，如果能钓到
决不给他们剖肚剜肠
拿到锅里去煎、去蒸、去焖
然后让猫啃骨头
自己吃肉……

它想，那是天底下最要命的事情
只有人做得出来
我们鱼儿不会去做
我们不过是玩玩而已
过后还会放他们回岸上去
做他们喜欢做的事情
当然也希望他们不要再来钓我们

· 编者赏读 ·　　　黄焕新先生是梅州当代诗坛绕不过去的一个人物。
他出生于 1941 年，1989 年牵头创建了射门诗社，创办
了《射门诗报》，诗歌之火赓续至今，成为培育梅州客

籍优秀诗人的重要基地之一。这首诗延续了他一贯的生活化创作风格，质朴中见幽默。其实诗人就是那条鱼，一个老顽童的心态呼之欲出。（本诗选自《射门诗刊》2019 年 12 月卷）

后　记

诗人的灵魂是高贵的

克林斯·布鲁克斯在《精致的瓮：诗歌结构研究》中说，对诗人最准确的描述是制作诗歌的人，而不是一个解释者或传播者。既然如此，就让诗人继续制作佳作，我等则做梅州诗歌的解释者和传播者。

《100首》不是一个选美的过程，我不知深浅地一头闯进茫茫诗海，一切随缘，一切跟着感觉走，抛掉了那些会让我头晕目眩的所谓理性光芒，所谓诗歌理论，所谓专家评论，抑或诗人的自述。

我在寻找诗歌，也在找回自己。

谈论起诗人，好像有点儿另类。

可哪里另类呢？他们与众人没什么区别，同样拥有各自的社会角色，比如药剂师、小学教师、记者、小镇公务员、专业网络写手、油漆工、上市公司老板、媒体掌门人等。他们中有人为了一单广告生意举杯奉承时，心里会有诗意荡漾吗？在那个瞬间，定会泯然众人矣。

外表也没什么区别。2020年7月，我在平远县正式认识了游子衿和吴伟华。子衿骨子里透着文学范儿，可一摘帽子，就是左邻的那个一脸温和笑容的大叔。伟华简直就是右舍的那个朴素又英气十足的大男孩，总有一股扑面而来的熟悉感和亲切感。或许正是这种普通，让我萌生了"广泛阅读梅州籍诗人诗歌"的念头。

2021年4月，在梅州民谣部落音乐餐吧又认识了一些诗人。说来也奇怪，我们可以在60秒内变得像老朋友那样说笑自如。陈其旭、张标、李龙华、刘梅兰、管细周、林耀东、龙列岳、黄剑锋、曾志雄等来到粤东诗人手稿展的优秀诗人，一个个在我眼前飘过，吃吃喝喝，说说笑笑，唱唱跳跳，一点都不另类。

可诗人还是和众人有区别的。

当夜深人静收起社会羽毛的时候，在缪斯女神的引领下，他们走进诗歌花园，采撷释放着天堂之光的花瓣。

普通的灵魂是跟不上女神的脚步的，这个灵魂必须异常独立，耐得住寂寞孤独；必须异常干净，时刻拂扫世俗的尘杂；必须异常理想化，透过庵臜的现实世界，始终相信心灵世界的美好；也必须异常浪漫，敢爱敢恨，善于用文字编织花篮。最终，"诗歌让我变得更勇敢、更诚实。"诗人周华襄说。

也正因为如此，诗人的灵魂才是高贵的、与众不同的；也正因为如此，诗人都有两条命，一条命是被某种身份裹挟的肉体，另一条命是以诗歌形式呈现的灵魂，时刻闪现出非世俗的高贵光芒。选编《100首》的过程，就成了在和诗人们的第二条生命对话的过程，编到最后，我的内心似乎也变得有些圣洁和安静了，或者说，更勇敢、更诚实了。

诗歌最好不要分出高低上下，诗人也最好不要分出高低贵贱，只要是美好的灵魂释放出的美妙诗句，都值得尊敬，都值得记住。从最小的"10后"小诗人曾可欣小朋友《风是个牛仔》的想象，到最大的"40后"老诗人黄焕新老先生《那条鱼有钓人的想法》的观察，都是那一个个与众不同的灵魂唱出的最美歌谣，都具有持久的审美价值和丰富的现实意义。

我从来没有刻意思考怎样去呈现这"千里挑百"的诗篇，而是随着时间的流逝和心境的变化，遵从了那一个个高贵灵魂的呼唤，把《100首》最终定格为这十类：客家、民间、知觉、简味、爱情、古韵、怀乡、家常、校园、才华。选编过半时我发现，这个分类是有好处的，可以大致把梅州现代短诗的一些轮廓特征概括出来——

这些诗歌的客家地域特征鲜明，对客家文化和客家精神的表达深入骨髓；注重民间叙事，对普通人和普通事的书写感人至深；不刻意追求诗歌创作的新技巧或新风格，以尊重个体知觉和家常的表达方式，比较原始地形塑诗歌意象和打造诗歌意境；怀乡情绪浓烈，对土地和亲情的尊重高于一切；在对关于爱情这种诗歌永恒主题的阐释上，注重情感内涵的表达，与生活细节捆绑在一起，朴实无华，较少风花雪月式的空泛抒情；用古风古韵表达现代生活的诗篇也是梅州诗坛的风景之一；校园诗人成为梅州当代诗坛发展愿景中的重要储备力量；极具才华的梅州当代诗人早已从优秀的先辈诗人手中接过诗歌的圣火。

在本书前言中我自言自语："那么当代诗人，谁会是那个延续梅州诗歌香火的骄子？"——谁都会是，只要拥有美好的灵魂，谁都是。品酒一般又回味了一下，选编《100 首》还是有一个看不见的标准，那就是以大众化阅读为标准，即可读性要强，即使文化程度不算高的读者也能看出一二三来，并喜欢上这些优秀诗篇。

靠随缘和感觉来选诗，注定是一个留下遗憾的过程，还有那么多优秀诗篇和优秀诗人被我错过了。但我相信，梅州客家地区这十年高贵的诗歌灵魂被我抓住了——那些在客乡暖阳照射下的温暖灵魂！

冉正宝

2022 年 2 月